피천득 문학 전집 6

번역 단편소설집
큰 바위 얼굴

피천득 문학 전집 6

번역 단편소설집
큰 바위 얼굴

너새니얼 호손 외 지음 / 피천득 옮김
정정호 책임 편집

범우사

일러두기

1. 번역 원문은 《동아일보》, 《주간 소학생》, 《어린이》, 중고등 국정국어교과서에 실린 작품에 의거하였다. 역자 피천득 자신이 마지막으로 교정에 참여한 2003년판 번역 단편소설집 《어린 벗에게》를 참조하였다. 역자가 이 책에 쓴 머리말을 여기에 그대로 실었다.
2. 번역단편소설의 배열은 번역발표 연대순으로 하였다.
3. 소설가 사진을 각 단편소설 앞에 실었고 작가 설명은 편집자가 작성했다.
4. 독자들의 편의를 위해 영어 원문을 실었다. 〈마지막 수업〉의 경우 독자들의 편의를 위해 프랑스어 텍스트와 영어번역본을 함께 실었다. (다만 작가미상인 〈거리를 마음대로〉는 원문을 구할 수 없어 싣지 못했다.)
5. 일반 독자들의 감상을 돕기 위해 편집자가 권말에 각 단편소설에 대한 작품 해설을 붙였다.
6. 본문의 맞춤법, 띄어쓰기, 구두점은 오늘날 어법에 따랐다.
7. 고어, 방언, 외래어는 필요한 경우에만 각주를 달았다.

| 머리말 |

피천득 문학 전집(전7권)을 내면서

    요즘은 과거에 비해 사람들이 시를 많이 읽지 않습니다.… 요즘의 시대가 먹고 사는 게 너무나 힘들고 경쟁이 치열하기 때문이라는 생각이 들기도 합니다. 남을 누르고 이겨야 살 수 있는 세계에서 시는 사실 잘 읽히지 않습니다. 하지만 그럴수록 오히려 시를 가까이 두고 읽어야 할 필요가 있습니다. 시는 영혼의 가장 좋은 양식이고 교육입니다. 시를 읽으면 마음이 맑아지고 영혼이 정갈해집니다. 이것은 마른 나무에서 꽃이 피는 것과 같은 일입니다.

— 피천득, 〈시와 함께한 나의 문학 인생〉 (2005)

    피천득은 1910년 5월 29일 서울 종로 청진동에서 태어났다. 3개월 후 8월 29일, 한반도에서 500년 이상 지속된 조선왕국이 경술국치로 식민제국주의 일본에 강제 병합되는 민족 최대의 역사적 비극이 일어났다. 우리 민족 최대 수치의 날, 피천득은 태어난 지 3개월 만에 나라를 잃어버린 망국민(亡國民)이 되었다. 더욱이 7세에 아버지를 여의고 10세에 어머니마저 잃은 고애자(孤哀子) 피천득은 문자 그대로 천애 고아가 되었다. 금아 피천득에게 망국민의식과 고아의식은 그의 삶, 문학, 사상의 뿌리로 자리 잡게 되었다. 특별히 일찍 여읜 '엄마'에 대한 간절한 그리움과 기다림의 서정성과 일제강점기에 대한 반항 정신이 교묘하게 배합되어 있다. 금아의 짧고 아름다운 서정시와 수필은 이런 엄혹한 식민지 수탈시대를 견디어 내면서 피어난 사막의 꽃과 열매들이다. 피천득은 1991년 한 신문사와의 대담에서 "겪으신 시대 가운데 [어느 시대가] 최악"인가에 대한 질문에 "나는 일제 말이 최악이었다고 생각합니다. 당시 아무런 희망이 없었어요. 정말 암담했습니다. 생활 자체도 너무 어려웠다."라고 답변했다.

시문집 《산호와 진주》(1969)에서 산호와 진주는 피천득 삶과 문학의 표상이다. 〈서문〉에서 밝혔듯이 산호와 진주는 그의 '소원'이나 그것들은 "바다 속 깊이깊이" 있었고 "파도는 언제나 거세고 바다 밑은 무"서웠다. 산호와 진주는 피천득의 무의식 세계다. 망국민 고아가 거센 파도와 무서운 바다라는 일제강점기의 황량한 역사 속에서 쉽사리 현실을 찾아 나설 수는 없다. 결국, 피천득은 마음속 깊이 묻어둔 생각과 이미지들을 모국어로 주조하여 아름다운 산호와 진주라는 서정적 문학 세계를 창조해냈다. 그는 바다처럼 깊고 넓은 꿈이 있었기에 어두운 현실에 굴복하지 않고 기다리며 문학이라는 치유과정을 거쳐 사무사(思無邪)의 경지에 이르게 된 것이다.

피천득 시와 수필에 자주 등장하는 하늘, 바다, 창공, 학, 종달새 등은 억압된 무의식 세계가 자유를 갈구하는 강력한 흐름으로, 이러한 하강과 상승의 역동적 나선형 구조는 피천득 문학의 토대다. 문인과 학자로서 피천득은 거의 100년 가까이 초지일관 겸손, 단순, 순수를 실천하며 지행합일의 정면교사(正面教師) 삶을 살았다. 문학은 녹색 식물처럼 궁핍한 시대와 현실에서도 그 토양에서 각종 자양분을 빨아들이고 대기에서 햇빛을 받아들여 생명의 원천인 엽록소를 만들어 내는 광합성 작용을 통해 피천득 삶의 뿌리가 내려졌고 아름다운 열매가 맺혔다.

문인 피천득은 1926년 《신민》(新民) 2월호에 첫 시조 〈가을비〉를 발표하였고 1930년 4월 7일 《동아일보》에 첫 시 〈차즘〉(찾음)으로 등단하였다. 1930년대에 《신동아》, 《동광》, 《신가정》 등 신문, 잡지에 시와 시조를 지속해서 발표함으로써 시인으로의 긴 문학 인생을 시작하였다. 그러나 피천득은 일제강점기의 문화억압과 역사침탈이 극에 달했던 1938년부터 1945년 해방 전까지는 글쓰기를 멈추었다. 그에게 이런 절필은 일종의 "소극적 저항"이었다. 해방 후 피천득은 지난 17년간에 걸쳐 쓴 시들을 모아 첫 시집 《서정시집》(상호출판사, 1947)을 펴냈다.

금아 선생의 첫 수필은 1932년 5월 8일자 《동아일보》에 실린 〈은전 한 닢〉이다. 이후 피천득은 시인보다는 〈수필〉, 〈인연〉 등의 수필가로 알려지게 된다. 문학 인생을 시로 시작한 피천득 본인도 이 사실에 아쉬움을 토로한 바 있으나, 사실 그의 서정시와 짧은 서정 수필은 형식과 운율에서 하나가 될 수 있다. 피천득은 첫 시집을 낸 지 12년 만인 1959년 시, 수필, 번역을 묶어 《금아시문선》(경문사, 1959)을 펴냈고, 그 후 다시 10년 뒤 그간에 쓴 시와 수필을 묶어 《산호와 진주: 금아 시문선》(1969)을 일조각에서 냈다. 다시 10여 년 후 1980년 그는 비로소 본격적인 시집 《금아시선》(일조각, 1980)과 수필집 《금아문선》(일조각, 1980)을 각각 출판했다.

피천득의 작품집 발간의 특징은 매번 새로운 시집이나 수필집을 내기보다 이전 작품을 개정 증보하는 방식이어서 그의 작품집을 보면 문학적 성장과 변화의 궤적이 그대로 드러난다. 초기 서정시와 서정 수필의 기조를 평생 지속한 피천득은 작품 활동한 지 40여 년이 지난 1970년대에 또다시 거의 절필한다. 좋은 작품을 더 이상 쓸 수 없다면 글쓰기를 중지해야 한다고 믿었다. 지나친 결벽성으로 피천득은 아쉽게도 평생 100편 내외의 시집 한 권, 수필집 한 권뿐이라는 지독한 과작(寡作)의 작가가 되었다.

번역은 피천득의 문학 생애에서 매우 중요하다. 피천득은 1926년 9월 《동아일보》에 프랑스 작가 알퐁스 도데의 단편소설 〈마지막 수업〉을 번역하여 4회에 걸쳐 연재하였다. 그는 일제강점기 당시 모국어의 중요성을 알리기 위해 약관 16세 나이에 최초 번역을 발표하였다. 어떤 의미에서 시와 수필을 본격적으로 쓰기에 앞서 번역을 한 셈인데, 피천득은 영문학 교수였지만 번역은 창작과 상호 보완되는 엄연한 문학 행위로 여겼다. 1959년 나온 《금아 시문선》에는 외국시 번역과 자작시 영역을 포함하는 등, 번역을 독립적 문학 활동으로 삼았다. 이런 의미에서 정본(定本) 전집에 번역작업은 반드시 포함되어야 한다. 번역은 피천득에게 외국 문학의 단순한 영향문제보다 모국어에 대한 감수성 제고와 더 깊은 관계가 있으며, 피천득 전집 7권 중 번역이 4권으로 양적으로도 가장 많다. 여기서 번역문학가 피천득의 새로운 위상이 드러난다.

또한, 피천득은 별로 알려지지 않았지만 많은 산문을 썼다. 동화, 서평, 발문, 평설, 논문 등 아주 다양하다. 그동안 우리는 피천득의 '수필'에만 집중했는데, 이제는 그의 '산문'도 읽고 살펴보아야 할 때가 되었다. 사실 문인 피천득은 어떤 한 장르에 매이지 않고 폭넓게 쓴 다면체적 작가다. 하지만 순혈주의에 경도된 우리 문단과 학계는 이러한 다-장르적 문인을 높이 평가하지 않는 경향이 있다. 혼종의 시대인 21세기 예술은 이미 다-장르나 혼합장르가 부상하고 있다. 따라서 피천득 문학을 논할 때 시, 수필, 산문, 번역을 모두 종합적으로 살피는 것이 절대적으로 필요하다.

학자와 문인으로 금아 피천득의 삶은 어떠했던가. 일제강점기 등 험난한 한국 최근세사를 거의 100년간 살아내면서 그는 삶과 문학과 사상을 일치시켰다. 일제강점기의 끝 무렵인 1930년대 말부터 해방될 때까지 상하이 유학을 마치고 돌아온 홍사단우 피천득은 불령선인(不逞鮮人)[반일 반동분자]으로 낙인찍혀 변변한 공직을 얻지 못했다. 일제의 모국어 말살 정책으로 절필하고 금강산에 들어가 1년간 불경 공부하면서 신사참배와 일본식 성명 강요에 굴복하지 않았다. 피천득은 그 후로도 모든 종류의 억압과 착취에 저항하는 정치적 무의식을 지니고 일생 "소극적 저항"의 삶을 유지했다. (순응적 인간보다 저항적 인간을 더 좋아한 피천득은 1970—80년대 대표적 저항 지식인 리영희선생과의 2003년 대담에서 괴테보다 베토벤을 높게 평가했다. 그 이유는 어느 날 그 지역 통치자인 대공(大公)이 탄 큰 마차가 지나가자 괴테는 고개를 숙여 묵례를 올렸으나 베토벤은 그렇게 하지 않았기 때문이다. 피천득이 제일 좋아하는 음악은 베토벤의 것이었고 저항적 인간 베토벤을 더 존경하고 사랑하였다. 피천득은 일제강점기와 그 이후에도 이런 의미에서 "소극적 저항"의 문인이었다.)

2005년에 쓴 〈시와 함께한 나의 문학인생〉은 피천득 문학의 회고

이자 하나의 문학 선언문이다. 인간으로서 문인으로서 선비로서 피천득의 정직하고 검박한 삶은 궁핍한 시대를 살아가는 한 사람으로 우리가 본받을만한 "큰 바위 얼굴"이다. 삶과 문학과 사상이 일치하지 않는다면 그 밖에 모든 문학적 업적이 무슨 소용일까 라는 생각마저 든다. 피천득의 글을 읽을 때 이런 면을 종합적으로 숙고해야 그의 문학 세계를 균형 있고 온전하게 평가할 수 있으리라.

피천득 자신이 직접 밝힌 문학의 목표는 "순수한 동심", "맑고 고매한 서정성", "위대한 정신세계(고결한 정신)"이다. 이 세 가지가 피천득의 시, 수필, 산문, 번역을 지배하는 3대 원칙이고, 그의 삶과 문학의 대주제는 '사랑'이다. 그는 문학의 본질을 '정(情)'으로 보았고 후손들에게 '사랑'하며 살았다는 최종 평가를 받고 싶어 했다. 문학에서 거대담론이나 이념을 추구해보다 가난한 마음으로 보통사람의 일상생활에서 사소하고 작은 것들에 관심과 사랑을 가지고 주위 사람들에게 공감하고 배려하려 애썼다. 피천득은 기억 속에서 과거의 빛나는 순간을 찾아내고 작은 인연이라도 소중히 여기고 가꾸면서 살았다.

나아가 그는 언제나 커다란 자연 속에서 자신의 삶과 문학을 조화시키고 이끌어 가려고 노력했다. 여기서 피천득 문학의 '보편성'이 제기된다. 피천득의 수필집 《인연》이 2005년과 2006년 각각 일본과 러시아에서 번역 소개되었는데, 일본어와 러시아어 번역자는 자국 독자들에게 쉽게 다가갈 수 있는 피천득 수필의 보편성을 언급하였다. 피천득 문학이 더 많은 외국어로 번역 소개된다면 그 보편성은 더욱더 확대될 것이다. 무엇보다도 황폐한 시대와 역사를 위한 피천득 문학의 역할은 치유와 회복의 기능이리라.

결국, 피천득 문학의 궁극적 가치는 무엇인가? 그것은 무엇보다도 그의 시, 수필, 산문, 번역에 풍부하게 편재해 있는 '인간성'에 관한 통찰력에서 오는 보편성 또는 일반성일 것이다. 위대한 문학은 생명공동체인 지구에서 함께 살아가는 인간과 자연 속에서 시간과 장소를 초월하는 일상적 삶의 '구체적 보편성'을 재현하는 것이기 때문이다. 피천득 문학은 이 보편적 인간성 위에 새로운 문화 윤리로 살과 피로 만들어진 인간에 대한 '사랑'(피천득의 '정'이 확대된 개념)을 내세운다. 이러한 소시민적 삶의 보편성은 그의 일상적 삶 속에 스며들어 피천득은 스스로 선택한 가난 속에서 살아가며 계절마다 항상 꽃, 새, 나무, 바다, 하늘, 별 등에 이끌려 살아가려고 노력했다. 피천득의 사랑의 철학은 석가모니의 '대자대비'(大慈大悲), 공자의 '인'(仁), 예수의 '사랑'에서 나온 것이리라. 피천득 문학을 통해 우리는 일상생활에서 사랑을 역동적으로 실천하고 작동시킬 수 있는 추동력을 얻어야 할 것이다.

흔히 피천득은 작고 아름다운 시와 수필을 쓰는 고아하고 조용한 작가로 여겨지고, 격변의 역사를 살았던 그의 문학에 역사의식이나 정치의식이 부족함을 지적받기도 하였다. 한 작가에게 모든 것을 요구할 수는 없겠지만 피천득의 초기 작품부터 꼼꼼히 읽어보면 "조용한 열정"이 느껴진다. 1930년대 《신동아》에 실렸던 시 〈상해 1930〉과 특히 시 〈불을 질러라〉는 과격할 정도이고, 1990년대에 쓴 시 〈그들〉도 치열한 인류 문명과 역사비판이다. 그러므로 우리는 금아 문학을 순수한 서정성에만 가두지 말고 본인이 선언한 일종의 "소극적 저항"을 제대로 짚어내야 한다. 결단코 모국어 사랑, 민족, 애국심을 잃지 않았던 피천득을 균형 있게 이해하고 평가하려면 정치적 무의식을 염두에 두고 피천득 다시 읽기와 새로 쓰기를 위한 일종의 "대화적 상상력"이 필요할 것이다.

　오늘날 피천득 문학은 문단과 학계에서 어떤 평가를 받고 있는가? 피천득의 일부 수필과 번역이 1960년대, 70년대에 국정교과서에 실리기 시작했고 1990년대부터 수필이 대중문학 장르로 부상하면서 피천득 수필의 인기는 "국민 수필가"라고 불릴 정도로 한때 매우 뜨거웠다. 그러나 문단과 학계에서는 타계한 지 15년이 가까워져 오는데도 피천득에 대해 합당한 문학사적 평가가 이루어지지 않는 듯하다.

　그렇다면 저평가의 이유가 무엇일까? 피천득은 술, 담배, 커피를 못하기 때문인지 일체의 문단 활동이나 동인지 운동 등 소위 문단 정치에 참여하지 않았다. 그는 대한민국 예술원 회원 추천도 완강하게 거절하였다. 그를 작가로서 끌어주고 담론화하는 문단 동료나 국문학계 제자가 없는 것이다. 또 다른 이유라면 그가 써낸 작품 수가 매우 적다는 사실이다. 고작해야 시집 1권, 수필집 1권뿐이니 논의하고 연구할 것이 부족하다고 느끼는 것일까? 나아가 장르 순수주의를 높이 평가하는 우리 문단과 학계의 풍토에서 한 장르 전업 작가가 아니고 일생 영문학 교수로 지내며 시, 수필, 산문, 번역의 여러 장르 창작에 종사하였기에 논외로 던져진 것은 아닌지 모르겠다. 그러나 전통 학계에서 아직도 시, 소설 등의 주요 장르와 대비되는 주변부 장르이기 때문인지 그가 이름을 올린 수필 장르에서도 피천득은 진지하게 논의되고 있지 못하다. 이번 일곱 권의 피천득 문학전집 간행을 계기로 이러한 무지와 오해와 편견이 해소되어 피천득이 한국 현대 문단사와 문학사에서 온전하고 합당한 평가를 받게 되기 바란다.

　올해 2022년은 영문학 교수로 지내며 시인, 수필가, 산문가, 번역가로 활동한 금아 피천득 선생이 태어난 지 112년, 타계한 지 15년이 되는 해다. 지금까지 출간된 그의 작품집은 번역까지 포함하여 선별되어 나온 4권뿐이다. 이 작품집들은 일반 대중 독자들에게 많은 사랑을 받아왔으나 고급독자와 연구자들에게는 아쉬움이 많다. 초기에 발표했던 신문, 잡지에서 새로이 발굴된 미수록 작품 다수가 수록되지 않았기 때문이다. 한 작가에 대한 온전한 논의와 연구를 위해 그 선행작업으로 그 작가의 전체작품이 들어있는 정본 결정판이 반드시 마련되어야 하는데 피천득의 경우 아직 마땅한 전집이 없다. 이에 편집자는 전 7권의 피천득 문학 전집을 구상하게 되었다.

편집자는 피천득 탄생 100주년인 2010년부터 10여 년간 피천득 문학 전집을 준비해왔다. 기존의 시집, 수필집, 셰익스피어 소네트집, 번역시집 4권의 작품집에 미수록된 작품들과 새로 발굴된 작품들을 추가했으며, 산문집, 영미 단편 소설집과 《셰익스피어 이야기》를 새로 추가했다. 이 7권의 피천득 문학 전집이 완벽한 결정판 정본(定本, Definitive Edition)은 아니지만 우선 피천득 문학의 전체 모습을 수립하는 데 도움이 되기를 바란다. 이것은 시작이고, 이번 전집은 디딤돌과 마중물에 불과하다. 이 전집은 의도하지 않은 오류가 있을 수 있다. 이 모든 잘못의 책임은 전적으로 편집자인 나에게 있다. 이후에 후학들에 의해 완벽한 결정판 전집이 나오기를 고대한다.

이제 《피천득 문학 전집》(전7권) 각 권의 내용을 대략 소개한다.

제1권은 시 모음집이다. 1926년 첫 시조 〈가을비〉와 1930년 4월 7일 《동아일보》에 실린 첫 시 〈찾음〉을 필두로 초기 시를 다수 포함하였다. 그리고 지금까지 나와 있는 시집들과 다르게 모든 시를 가능한 발표연대 순으로 배열하였다. 창작시기와 주제를 감안하여 시집의 구성을 1930년대에서 2000년대까지 총 8부로 나누어 묶었다. 이전 시집에 실려있지 않은 일부 미수록 시들 중에는 작품의 질이 문제 되는 경우가 있다. 시 창작이 가장 활발했던 1930년대는 아기와 어린이 시, 동물시, 사랑의 시(18편), 번역 개작시(改作詩) 부분을 별도로 구성하였다. 피천득이 특이하게도 에드먼드 스펜서의 소네트 2편과 셰익스피어 소네트 154편 중 6편을 짧은 자유시와 시조체로 번안, 개작한 것도 창작으로 간주하여 이 시집에 실었다. 그것은 피천득의 이런 개작 작업이 단순한 번역 작업이기보다 개작을 통해 원문을 변신시킨 문학 행위로 '창작'이기 때문이다. 이런 노력은 서양의 소네트 형식을 한국시 전통과 질서로 재창조한 참신한 시도로 여겨진다. 이로써 일반독자나 연구자 모두 피천득 시 세계의 확장된 지형(地形)을 알 수 있을 것이다.

제2권은 수필 모음집이다. 기존의 수필집과 달리 본 수필집 역시 앞의 시집처럼 연대와 주제를 고려하여 크게 3부로 나누었다. 이 수필집에는 지금까지 미수록된 수필을 발굴해 실었다. 피천득은 흔히 수필을 시보다 훨씬 나중에 쓴 것으로 알려져 있으나 사실 그는 초기부터 수필과 시를 거의 동시에 창작하였다. 피천득은 엄격한 장르 개념을 넘어 시와 수필을 같은 서정문학으로 보았다. 예를 들어 어떤 수필은 행 갈이를 하면 한 편의 시가 되고, 어느 시는 행을 연결하면 아주 짧은 수필이 된다. 피천득 수필문학의 정수는 한 마디로 '서정성'이다.

제3권은 넓은 의미의 산문 모음집이다. 이 산문집에는 수필 장르로 분류되기 어려운 글과 동화, 서평, 발문, 추천사 그리고 상당수의 평설과 긴 학술논문도 일부 발췌하여 실었다. 여기서도 모든 산문 작품을 일단 장르별로 분류한 다음 발표 연대순으로 실어 일반독자나 연구자들이 일목요연하게 피천득의 산문 세계를 볼 수 있게 했다. 여기 실린 글 대부분이 거의 처음 단행본으로 묶였으므로 독자들에게 피천득의 새로운 산문 세계를 크게 열어 주리라 믿는다.

제4권은 외국시 한역시집인 동시에 한국시 영역시집이다. 피천득은 영미시 뿐 아니라 중국 고전시, 인도와 일본 현대시도 일부 번역하였다. 특히 이 번역집에는 기존의 번역시집과 달리 피천득의 한국시 영역이 포함되었다. 피천득은 1950, 60년대에 자작시 영역뿐 아니라 정철, 황진이의 고전 시조, 한용운, 김소월, 윤동주, 서정주, 박목월, 김남조 등의 시도 영역하여 한국문학 세계화의 역할을 담당했다. 이 부분은 문단과 학계에 거의 처음으로 공개되는 셈이다. 한역이건 영역이건 피천득의 번역 작업은 한국현대문학 번역사에서 하나의 전범이자 시금석이 되고 있다.

제5권은 셰익스피어 소네트 번역집이다. 피천득은 1954~55년 1년간 하버드대 교환교수 시절부터 60년대 초까지 셰익스피어 소네트 154편 전편 번역에 매진하였다. 그 결과 그의 소네트 번역집은 셰익스피어 서거 400주년이 되는 1964년 출간된 셰익스피어 전집(정음사) 4권에 수록되었고, 훗날 단행본으로 출간되었다. 역자 피천득이 직접 쓴 셰익스피어론, 소네트론, 그리고 소네트와 우리 전통 정형시 시조

(時調)를 비교하는 글까지 모두 실었다. 이 번역시집은 일생 셰익스피어를 사랑하고 존경했던 영시 전공자 피천득의 능력이 충분히 발휘된 노작이며 걸작이다. 독자들의 편의를 위해 소네트 영문 텍스트를 행수까지 표시하여 번역문과 나란히 실었다.

제6권은 외국 단편소설 6편의 번역집이다. 이 단편소설 번역은 해방 전후 주로 어린이들과 청소년을 위한 것으로, 피천득은 일제강점 초기부터 특히 어린이 교육에 관심이 높았다. 피천득은 새로운 근대민족 국가를 이끌어갈 어린이들을 제대로 가르치는 일, 특히 문학으로 상상력 함양교육을 강조했다. 1908년 최남선의 한국 최초 잡지 《소년》이 창간되었고, 1920년대부터 소파 방정환의 글을 비롯해 많은 문인이 아동문학에 참여하였다. 이 6편 중 알퐁스 도데의 〈마지막 수업〉과 〈큰 바위 얼굴〉은 개역되어 국정 국어 교과서에 실렸다. 독자들의 편의를 위해 일부 단편소설의 서양어 원문 텍스트를 부록으로 실었다.

제7권은 19세기 초 수필가 찰스 램과 메리 램이 어린이들을 위해 쓴 《셰익스피어 이야기들》의 번역집이다. 램 남매는 셰익스피어의 극 38편 중 사극을 제외하고 20편만 골라 이야기 형식으로 축약, 각색, 개작하여 *Tales from Shakespeare*(1807)를 펴냈다. 피천득은 1945년 해방 직후 경성대 예과 영문학과 교수로 부임한 뒤 어렵지 않은 이 책을 영어교재로 택했고, 그후 서울 시내 대학의 영어교재로 이 책이 많이 채택되었다고 한다. 피천득은 이 책을 영어교재로 가르치면서 틈틈이 번역하여 1957년 단행본으로 출간하였는데, 기이하게도 이 번역본을 아무도 주목하지 않았다. 그동안 별로 알려지지 않았던 번역문학자 피천득의 위상을 이 번역본이 다시 밝혀주는 계기가 되기를 기대한다. 번역본의 작품배열 순서가 원서와 약간 다르나 역자 피천득의 의도를 존중해 그대로 두었다. 또한 번역문은 현대어법에 맞게 일부 수정하였음을 밝힌다.

각권마다 끝부분에 비교적 상세한 '작품 해설'을 달았다. 피천득을 처음 읽는 독자들에게 도움이 되었으면 좋겠다.

지난 수십 년 동안 편집자가 금아 피천득을 계속 읽고 꾸준히 글을 쓰는 것은 나 자신을 갱신하고 변신시키기 위함이었다. 나는 금아 선생을 사랑하고 존경하는 대학 제자이고 애독자지만 금아 선생을 닮은 구석이 하나도 없어 항상 부끄럽다. 주로 학술 논문만을 써온 나는 단순하지 않고 복잡하고 여유도 모르고 바쁜 삶을 살아왔다. 글도 만연체라 재미없고 길기만 하다. 나의 어지러운 삶과 둔탁한 글에 금아 선생은 해독제(antidote)이다. 정면교사이신 금아 선생의 순수한 삶과 서정적 글을 통해 방만한 나의 삶과 복잡한 나의 글을 정화해 거듭나고 변신하고 싶다. 이번 금아 피천득 문학 전집(전 7권)을 준비해온 지난 십수 년은 내가 닮고 싶은 피천득의 길로 들어가는 "좁은 문"을 위한 하나의 단계에 불과하다. 앞으로 여러 단계를 거친다면 금아 피천득의 삶과 문학의 세계로 조금이라도 다가갈 수 있을까?

이 책을 준비하는데 많은 분들의 도움이 있었다. 우선 금아피천득선생기념사업회의 일부 재정지원이 있었다. 변주선 전 회장, 조중행 회장, 그리고 피천득 선생의 차남 피수영 박사, 수필가 이창국 교수의 실질적 도움과 끊임없는 격려가 없었다면 이 전집은 출간되지 못했을 것이다. 또한 이 전집을 위해 판권을 흔쾌히 허락해주신 민음사(주)에도 고개 숙여 감사드린다. 최종적으로 출간을 맡아주신 지난날 피천득 선생님과 친분이 두터우셨던 범우사 윤형두 회장을 비롯해 윤재민 사장, 김영석 실장, 신윤정 기자 그리고 윤실, 김혜원 선생에게 큰 고마움을 전한다.

그리고 마지막 단계에서 피천득문학전집 간행위원회에서 출판 후원금 모금 등 열성적으로 도움을 베풀어주신 변주선 위원장님, 서울대 영어교육과 동창회장 김선웅 교수와 영어교육과 안현기 교수, 그리고 총무 최성희 교수에게 깊은 감사를 드린다.

끝으로 물심양면으로 헌신하시는 금아피천득선생기념사업회의 초대 사무총장 구대회 선생과 현 사무총장 김진모 선생님께도 뜨거운 인사 드린다. 아울러 이 전집 발간을 위해 기꺼이 기부금을 희사하신 많은 후원자님들께도 큰 절을 올린다.

지난 십여 년간 이 전집을 위해 자료 수집과 입력 등으로 중앙대 송은영, 정일수, 이병석, 허예진, 김동건, 권민규가 많이 애썼다. 그리고 지난 10여 년 간 아내의 조용하지만 뜨거운 성원도 큰 힘이 되었다.

많이 늦었지만 이제야 전 7권의 문학 전집을 영원한 스승 금아 피천득 선생님 영전에 올려드리게 되어 송구할 뿐이다.

피천득 선생 서거 15주기를 맞아
2022년 5월
남산이 보이는 상도동 우거에서
편집자 정정호 삼가

차 례

일러두기 · 4
머리말 : 피천득 문학 전집(전7권)을 내면서 · 5
책을 내면서 · 21
어린 벗에게 · 23
화보 · 25

제1부 : 번역 단편소설

알퐁스 도데 〈마지막 수업〉 · 35
내서니얼 호손 〈석류씨〉 · 43
작자 미상 〈거리를 맘대로〉 · 64
마크 트웨인 〈하얗게 칠해진 담장〉 · 69
윌리엄 서로이언 〈아름다운 흰말의 여름〉 · 79
내서니얼 호손 〈큰 바위 얼굴〉 · 91

부록 : 번역 단편소설 원문

⟨La Dernière Classe⟩ by Alphonse Daudet · 115
⟨The Last Lesson ⟩ by Alphonse Daudet · 122
⟨The Pomegranate Seeds⟩ by Nathaniel Hawthorne · 129
⟨The Glorious Whitewasher⟩ from Chapter Ⅱ of 《The Adventures of Tom Sawyer》 by Mark Twain · 170
⟨The Summer of Beautiful Horse⟩ by William Saroyan · 178
⟨The Great Stone Face⟩ by Nathaniel Hawthorne · 189

피천득 연보 · 216
작품 해설 · 220
피천득 문학 전집 출판지원금 후원자 명단 · 248

책을 내면서

　나의 또 하나의 이름은 금아(琴兒)입니다.
　거문고 금(琴), 아이 아(兒)의 뜻을 가지고 있지요.
　내가 몹시 마음에 들어하는 이 이름은 그 유명하신 춘원(春園) 이광수 선생님이 지어 주셨는데, 나름대로 사연이 있습니다.
　우리 어머님께서 거문고를 잘 타시는 분이었고, 그 거문고 타는 여인이 아들을 낳았으니 거문고와 아이를 연결시켜 금아(琴兒)라 이름 지어 주신 것입니다.
　우리나라 사람들의 정서, 우리 어머니의 정서, 거기에 내가 닮고 싶은 아이의 마음까지가 아주 잘 어우러진 이름이기에 나는 이 이름을 많이 사랑하고 또 자랑스러워합니다.
　사람이 나이가 들수록 어린이와 똑같아진다는 말이 있습니다. 참으로 진실입니다.
　한 해 한 해 나이 먹으면서 인생을 어떻게 살아야 하나 생각하다 보면 바로 순수한 아이 같은 마음으로 살면 된다는 해답을 얻기 때문입니다.

그리고 그 아이들의 순수함을 닮고 싶다는 소망을 가지고 아이처럼 살려고 노력하게 되기 때문입니다.

이 책에 실린 글들은 우리에게 친숙한 외국 작품들입니다.

나는 이 아름다운 이야기들을 어린 벗들에게 들려주고 싶어 아주 오래전에 이 작품들을 우리말로 옮겼습니다. 그렇지만 이 작품들을 다시 찾는 것이 그리 쉬운 일은 아니었습니다.

다행히 어린이에 대한 깊은 사랑을 가지고 1940~50년대부터의 어린이 잡지 〈소학생〉, 〈어린이〉 등을 아직까지 유일하게 보관하고 계셨던 아동문학 학자인 이재철 교수님이 계셨기에 가능했습니다.

제가 예전에 썼던 '어린 벗에게'라는 글을 이 책의 맨 앞에 실어 우리나라 어린이, 그리고 어른들 모두에게 들려주고 싶습니다.

2003년 5월
피천득

어린 벗에게

사막에는 비가 아니 옵니다.
　나무도 풀잎도 보이지 않고 모래만이 끝없이 끝없이 깔려 있는 곳이 사막입니다. 다른 땅에는 꽃이 피고 새가 울어도 사막에는 뽀얀 모래 위에 봄바람이 이따금 불 뿐입니다. 다른 땅에는 푸른 잎새가 너울너울 늘어지고 그 사이로 차디찬 샘물이 흘러내려도, 사막에는 하얀 모래 위에 여름 바람이 이따금 불 뿐입니다. 다른 땅에는 갖은 곡식이 열고 노랗게 붉게 단풍이 들어도 사막에는 하얀 모래 위에 가을바람이 이따금 불 뿐입니다. 다른 땅에는 눈이 나리고 얼음이 얼어도 저 사막에는 아무러한 변화도 없이 끝없는 모래 위에 이따금 겨울 바람이 불 뿐입니다.
　그러나 어린 벗이여, 이 거칠고 쓸쓸한 사막에는 다만 혼자서 자라는 이름 모를 나무 하나가 있습니다. 깔깔한 모래 위에서 쌀쌀한 바람에 불려 자라는 어린 나무 하나가 있습니다.
　어린 벗이여, 기름진 흙에서 자라는 나무는 따스한 햇볕을 받아 꽃이 핍니다. 그리고 고이고이 내리는 단비를 맞아 잎이 큽니다. 그러나 이 깔깔한 모래 위에서 자라는 나무는, 쌀쌀한 바람을 맞으며 자라는 나무는, 봄이 와도 꽃필 줄을 모르고 여름이 와도 잎새를 못 갖고 가을에는 단풍이 없이 언제나 죽은 듯이 서 있습니다.

그러나 벗이여, 이 나무는 죽은 것은 아닙니다. 살아 있는 것입니다. 자라고 있는 것입니다.

가을도 지나고 어떤 춥고 어두운 밤, 사막에는 모진 바람이 일어, 이 어린 나무를 때리며 꺾으며 모래를 몰아다 뿌리며 몹시나 포악을 칠 때가 옵니다. 나의 어린 벗이여, 그 나무가 죽으리라고 생각하십니까, 아닙니다. 그때 이상하게도 그 나무에는 가지마다, 부러진 가지에도 눈이 부시도록 찬란한 꽃이 송이송이 피어납니다. 그리고 이 꽃빛은 별 하나 없는 어두운 사막을 밝히고 그 향기는 멀리멀리 땅 위로 퍼져갑니다.

화 보

금아 피천득

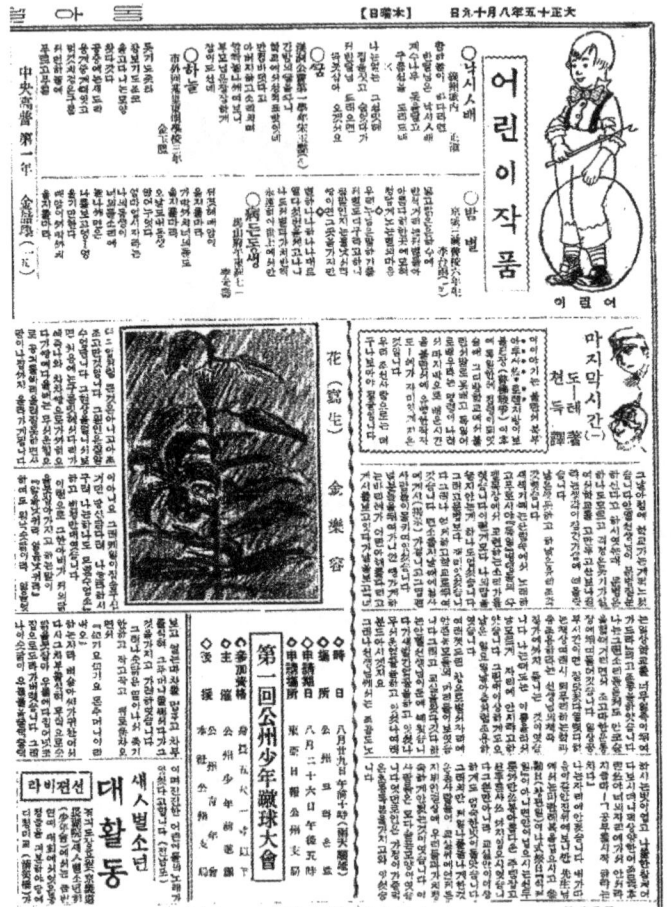

알퐁스 도데의 단편소설 〈마지막 시간〉은 천득이란 필명으로
《동아일보》 1926년 8월 19일자에 첫 회가 실렸다(이후 3회분이 게재됨).
'어린이란'에 실렸던 첫 회분에 역자 피천득의 권두 해설이 짧게 실려 있다.

소년소설 마지막 공부

(알폰스 도오데 지음)

피 천 득 번역

그날 아침 나는 학교에 가는 것이 대단히 늦었고, 더구나 아멜 선생님이 들어 오시겠다고 한 분사법(分詞法)에 대하여 하나도 몰랐기 때문에, 꾸지람을 들을 것이 겁이 났습니다.
그래서 학교를 그만두고 들로 놀러 갈까 하는 생각도 해 보았습니다. 날은 참 따뜻하고 아름다웠습니다. 숲 속에서 풍뎅이가 울고 뒤에 그 편한 제재소(製材所) 에서는 프르샤 병정들이 훈련을 하는 소리가 들렸습니다. 이런 모든 것은 분사 규칙(分詞規則)보다는 훨씬 내 마음을 끌었으나, 그러나 나는 참고 다듬이 힘하여 학교로 달아났습니다.

면소 앞에 사람들이 많이 모여 있는 것을 보았습니다. 2년 동안이나 우리의 모든 좋지 못한 소식이 이게 시판에 붙었습니다. 전경(戰警)에 졌다는 소식, 병정모집(募集), 그리고 사령부에서 오는 명령, 나는 그냥 뛰어 가면서 생각하였습니다.

"이번에는 또 무슨 일일까?"
그리고 제거리, 장장(場長) 을 지날 때, 거기서 자기 곁에서 일하는 소년과 같이 게시를 읽고 있던 대장장이 워슈트는 날 보고 소리로,

"얘 그러 힘히 달아나지 말아라. 학교에 늦지는 않을터이니!"

나는 그 영감이, 나를 놀리는 것이라고 생각하고, 아멜 선생님의 작은 정원으로 헐떡거리며 뛰어 들어 갔습니다.

학교가 시작될 때에는 떠들썩 하는 소리가 늘 길 밖에까지 들렸습니다. 책상을 열었다 닫았다 하는 소리, 속히 외우려고 귀를 막고 따라같이 큰 소리로 제들이 하는 소리……

"좀 더 조용히!" 하고 책상을 두드리는 선생의 굵은 막대기 소리가 났습니다. 나는 이 떠들썩한 통에 따라 뒤지에 가 앉을

생각이었었는데, 웬일인지 그 날은 일요일 아침 같이, 모든 것이 잠잠하였습니다. 동무들은 벌써 제 자리에 앉아 있고, 아멜 선생님이 무서운 쇠 자를 끼고 왔다 갔다 하시는 것이, 열려 있는 창 문으로 보였습니다. 나는 문을 열고 조용한 속으로 들어가지 않을 수는 없었습니다. 얼마나 부끄럽고 무서웠을 것입니까!

그러나 이상하게도 아멜 선생님은 조금도 성난 빛이 없이, 나를 보시며, 부드러운 목소리로 말씀하셨습니다.

"어서 네 자리에 가서 앉아라 후랜스야. 우리들은 막 공부를 시작하려는 것이다."
나는 걸상을 넘어가 내 책상 앞에 앉았습니다. 겨우 그때야 조금 무서운 것이 잖아 졌습니다. 나는 선생님이 장학관이 오는 날이나, 상을 주는 날이나 입으시는 푸른 으로 입으시고, 단정히 수놓인 검정 비단 을 입으신 것을 알았습니다. 그리고 교실에는 모두와는 다른 엄숙한 기분이 가득 차 있었습니다.

그러나 그보다 더, 나에게 놀라운 것은, 교실 뒤 걸상에 온 사람들이 우리를 같이 조용하게 앉아 있는 것이, 나를 가장 놀랍게 하였습니다. 제르난 모자를 쓰고 있는 오젠 영감이, 예전 면장 우편국장, 그리고 그밖에 몇 몇 사람들. 그들은 다 시름없이 앉아 있습니다. 오젠 영감은 모서리가 다 떨어진 쉽게 책을 가지고 와서, 커다란

그 후 도데의 〈마지막 시간〉은 《소학생》 57호(1948년 5월)에 〈마지막 공부〉로 개역되어 실렸다.
1960년대 국정 국어교과서에는 〈마지막 수업〉이란 제목으로 실렸다.

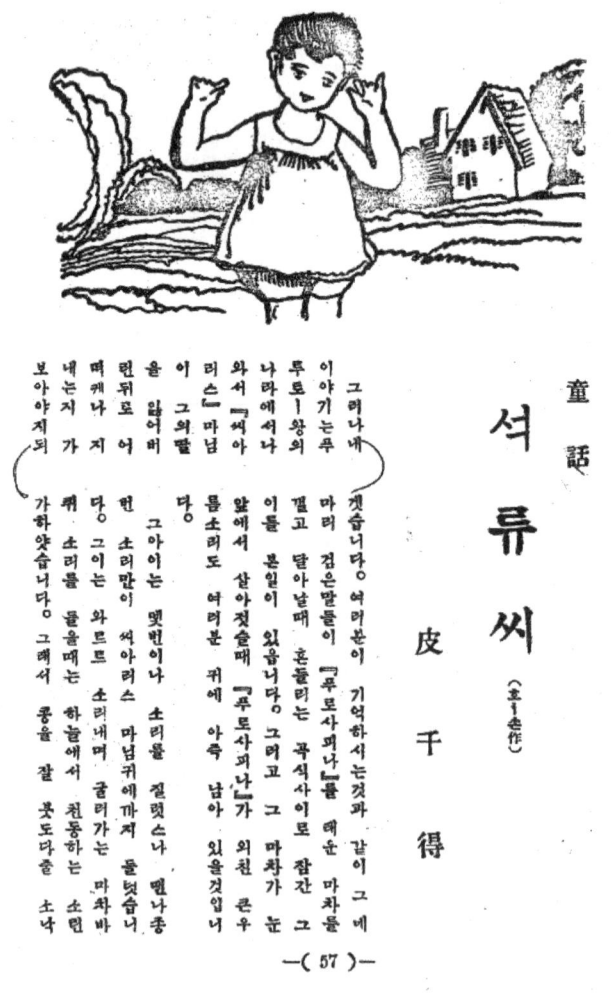

童話

석류씨

(호!손作)

皮 千 得

그러나 내 이야기는 무척 검은말들이 『푸로사피나』를 때운 마차를 끌고 달아날때 흔들리는 곡식사이로 잠간 그 마차가 눈 앞에서 살아젓을때 『푸로사피나』가 외친 큰우 룸소리도 여러분 귀에 아즉 남아 있을것입니다。

그 아이는 멧번이나 소리를 질렛스나 맨나종 소리만이 싸이러스 마님귀에까지 들렷슴니다。 그이는 와트르 소리내며 굴러가는 마차바 퀘 소리를 들을때는 하늘에서 천동하는 소리 보아야지되 가하얏슴니다。 그래서 콩을 잘 못도 다줄 소낙

겟슴니다。여러분이 기억하시는것과 같이 그에 투토ㅣ왕의 나라에서나 이들 붉일이 있읍니다。 그러고 그 마첨 와서 『씨아 리스』마님 름소리도 어 리운 을 입어머 런뒤로 어 때캐나 지 내는지가

—(57)—

호손의 단편소설 〈석류씨〉는 '동화'로 분류되어
《어린이》 12권 1호(1934년)에 실렸다.

少年小說

거리를 맘대로

피천득 번역

내가 어렸을 때의 첫 공부는 배고픔과 무서움을 이기는것이었습니다.

배고픔은 나에게 스름스름 천천이 달겨들고는 하였습니다. 배고픔은 내가 장난할 때에도 기운 대 열을 떠나지를 않고, 밥에 배가 고파서 참을 들지 못하는 때도 많았습니다. 내가 먹을것을 달라면 엄마는 차 한잔을 해주고는 하였습니다. 차를 마시면 잠깐 동안은 배고픔이 가라앉았다가 조금만 지나면 다시 내 가슴의 갈비뼈를 찌르고 빈 창자를 아프도록 휘들어 놓았습니다.

어느 날 오후였습니다.
"엄마, 배가 고파"하고 조르니까,
"그때? 그럼 일어나서 그 배고픈줄을 잊어보렴."
"엄마 배고픈중이 무엇이요?"
"그것은 작은 아이들이 배고플 때 참아먹는 것이지."
"그것이 많이 어떠우?"
"맛은 나는 몰라."
"그럼, 왜 잡아 먹으라고 그래."
"내가 배가 고프다고 그러 니까 말이지."하고 웃습니다.
나는 그제야 엄마가 나를

놀리는줄 알고 성이 났습니다.
"글쎄 먹을것이 어디 있니?"
"왜?"
엄마는 대림질을 하다가 나를 보셨습니다. 그의 눈에는 눈물이 어렸습니다.
"누가 먹을것을 사가지고 들어오고는 했니?"
"아빠가, 아빠는 언제든지 먹을것을 가지고 들어왔지."
"그래, 그런데 너의 아빠가 어디 지금 있니?"
"그럼그만, 배가 고픈때"하고 청얼했습니다.
"내가 일자리를 얻어서 먹을것을 사드릴 때까지 기다리는 수밖에 없다."

우리 엄마는 마침내 식모가 되어서 낯에는 일을 하러가고, 나하고 네 동생을 방 한 명이라하고 차 한 주전자하고 주어서 빈 방안에다 하루 종일 남겨 두었습니다.

어떤 날 밤에 엄마는, 인세무러는 나머더, 먹을것을 사오는 심부름을 해야지 된다고 했었습니다.

그 이른날 오후에 나는 바구니를 끼고 행길로 나갔습니다. 내가 집 모퉁이를 지

날 때, 놀고 있던 아이들이 달겨들어서 나를 자빠뜨리고 바구니와 돈을 뺏어 가지고 다라났습니다. 그날 저녁 때, 엄마가 돌아오자 그 이야기를 하니까 엄마는 아무 말도 하지 않고 앉어서 조그만 종이에 또 살 물건 이름을 적어 주고 돈을 다시 주고 다시 가서 사오라고 하셨습니다. 나는 힘해서 몇 발자욱 안 가서 그 아이때가 놀고 있는것을 보고 다름박질로 휘어 들어 왔습니다.
"왜 또라오니?"
"아까 그 아이들이 나를 때릴것야, 나를 때릴것야."
"너는 그걸 먹고 갔다 와야지 된다. 자, 어서 가거라."

나는 문 밖을 나가서 떨어 걸음을 걸었습니다. 내가 그 골 앞에 다달았을 때, 한아 이가,
"아까 그 놈이다"하고 외 쳤습니다. 그 아이들은 내게 또 달려들었습니다. 그 아이들은 나를 세멘트 길 위에 자빠뜨렸습니다. 나는 소리도 질렀고, 애결도 하고 발결질도 하여보았습니다. 그러나 그들은 내 손에서 돈을 빼앗었습니다. 그들은 나를 길로 밀고, 나를 몇번 걷어 집으로 올고 오라게 하였습니다. 우리 엄마는 문에 나오다 나를 보고,
"집에 드러오지 못한다. 오늘 밤에는 내가 맞 대들어서 네 힘으로도 막을수 있는것을

작자 미상의 단편소설 〈거리를 맘대로〉는
'소년소설'로 분류되어 《주간 소학생》 6호(1946년 3월)에 실렸다.

★소년 소설★
하얗게 칠해진 판장

피 천득 번역

이 이야기는 맑 트웨인이라는 미국 소설가가 지은 «톰 소여»라 모험속에 있는 이야기입니다. 맑 트웨인의 원 이름은 삼열 크레멘스(Samel Clemens, 1835~1910)라고 합니다. 그의 유명한 작품은 위에 말한 «톰 소여»의 모험해 그 후편인 «헉클베리 핀»입니다. 그런데 이 두 편의 소설이 모두 맑 트웨인 자신이 자기 소년시대에 몸소 지내 본 경험을 재료로 해서 쓴 작품이라 합니다.

토요일날 아침이 왔읍니다. 어름 세제는 어더나 밝고 새롭고 생명의 기운이 넘쳤읍니다. 누구의 가슴에나 노래가 샘솟고, 그 가슴이 젊으면 노래가 입밖으로 흘러 나왔읍니다. 얼굴마다 우슴이 있고 걸음거리는 가벼웠읍니다. 아카시아 나무에는 꽃이 피고 그 향기는 공기 속에 가득 찼읍니다. 마을 건너 저 편에 솟아 있는 카아프르산은 푸를대로 푸르고, 멀리 떨어져 보이는 그 자태가 마치 꿈 꾸는듯 조는듯, 그러고 이따로 오라는 듯이 사람의 마음을 끌며 옛날 책에 나오는 낙원 같이 보이었읍니다.

톰은 하얀 횟가루 물은 담은 하께쓰와 손잡이가 긴 부라쉬(솔)를 가지고 길거에 나타났읍니다. 톰은 판장을 끝까지 한번 바라다 보았읍니다. 그 때 톰의 모든 기쁨은 모조리 사라지고 가슴이 답답해졌읍니다. 높이가 9피트(1피트=0.30479m)나 되는 널판대기 판장이, 30야드 (1야드=0.9

1438m)는 되었읍니다. 톰은 세상이 싫증이 나고 사는 것이 무거운 짐을 인 것 같았읍니다. 한숨을 쉬면서 톰은 부라쉬를 석회물에 담뿍 담가 가지고, 판장 맨 꼭대기를 쭉 한번 칠했읍니다. 그러고 이렇게 또 한번 되풀이를 하였읍니다. 그러고 또 한번……

조금밖에 안되는 칠해진 부분과, 칠하지 아니한 대륙(大陸)같이 넓은 판장을 비교해 보고는, 그만 맥이 풀려서 나무둥 위에 주저앉아 버렸읍니다. 그 때 짐이 하께쓰를 들고 "버파르아가서"라는 노래를 부르면서 문 앞에 뛰어 나왔읍니다. 한길 접주에서 물을 길어온다는 것은, 톰에게는 언제나 괴로웠던 일은 일이 었읍니다. 그러나 지금 생각으로는 그렇지도 않았읍니다. 한길 접주에는 는 늘 동무들이 있었읍니다. 거기에는 눈 백인(白人)아이, 백인과 흑인의 트기아이, 깜둥이 아이들이, 자희를 기들 차례를 기다리고 있는 것이었읍니다. 쉬기로

하고, 바꿈질로 하고 장난도 치고 다투기들도 하고 싸움도 하고, 소리를 지르고 따들기도 하였읍니다. 집주 수통이 1.50야드밖에 안떨어져 있지만, 짐은 언제나 한 시간 안에는 물을 길어 오는 법이 없었고, 그것도 때게는 누구가 부르러 가야야 된다는 것은 톰은 생각하였읍니다. 톰은 짐을 보고
"애 너 이것좀 칠해주면 내 물 길어다 주지."
하였읍니다. 짐은 싫다고 고개를 흔들면서 하는 말이,
"안된다. 톰아. 주인 아주머니가 길에서 누구하구 장난말고 빨리 물길어 가지고 오랬단다. 톰이 횟물 칠하는 것 도와 달라구 해도, 도와주지 말고 나 할 일만 하라라고 그러며라. 그러고 있다가 너 칠하는 것 보러 온다더라."
"무어 걱정마라. 늘 아주머니 하는 소리란다. 따페쓰 이머다오. 내 일분도 안걸릴테니. 아주머니가 알게 뭐냐."
"싫다 톰. 주인 아주머니한테 걸리면 경치게,"
"아주머니가! 아주머니는 아무도 때리는 법이 없다. 골무 낀 손가락으로 머리 위를 똑똑 두드려 주지마는, 그까짓 것 누가 겁내나. 아주머니는 말로는 무섭게 굴지만, 말씀이야 아프지도 아무렇지도 않으나마는, 아주머니가 울고 야딘만 안하면 괜찮다. 짐아 내 좋은 구슬하나 주께. 하얀 큰 구슬이야."

짐은 마음이 흔들리기 시작하였읍니다.

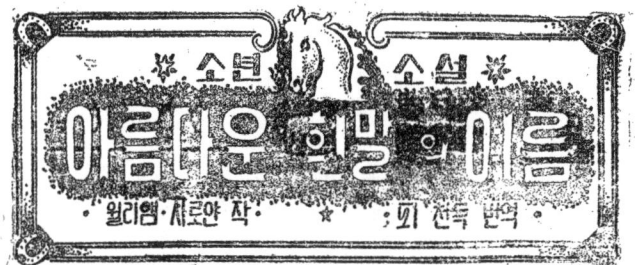

서로이언의 단편소설 〈아름다운 흰말의 여름〉은
소년소설로 분류되어 《소학생》 68호(1949년 6월)에 실렸다.

피천득의 단편소설 번역 모음집인 《어린 벗에게》(여백, 2003)의 표지

제1부
번역 단편소설

　19세기 프랑스 소설가 알퐁스 도데(Alphonse Daudet, 1840~97)는 프랑스 남부 지방 사람들의 삶을 유머와 연민을 가지고 그려냈다. 도데는 14세에 첫 시편들과 첫 소설을 썼다. 그의 부모는 파산하여 도데는 정규 교육을 제대로 받지 못하고 파리로 와 형과 함께 지냈다. 《피가로》지 등에 기사를 송고하기도 했다. 1860년부터 프랑스 남부지방 프로방스의 언어와 문화에 관심을 집중했다. 1860년대 초 겨울 아프리카 북부의 알제리를 다녀오기도 했다. 1862년 도데는 첫 희곡 《최후의 우상》을 발표하여 무대에 올리기도 했고 단편소설집 《풍차 방앗간 편지》(1869)를 출간했다. 도데는 프랑스-프러시아 전쟁에 참전하기도 했다. 그때의 경험을 그린 단편소설집이 《월요일 이야기》(1873)이다. 도데는 사실주의가 시작되던 시기에도 낭만주의 취향을 견지하며 공감과 감동으로 인간의 삶을 재현하였다.
　여기에 번역되어 실린 단편소설 〈마지막 수업〉은 그의 단편소설집 《월요일 이야기》에 실려 있다.

알퐁스 도데 〈마지막 수업〉

그날 아침, 나는 학교에 가는 것이 대단히 늦었고, 더구나 아멜 선생님이 물어 보시겠다고 한 분사규칙에 대하여 하나도 몰랐기 때문에 꾸지람을 들을 것이 겁이 났습니다. 그래서 학교를 그만두고 들로 놀러 돌아다닐까 생각도 해보았습니다.

날은 참 따뜻하고 아름다웠습니다. 숲속에서 뜸부기가 울고 리페두 벌판 제재소 뒤에는 프러시아 병정들이 훈련을 하는 소리가 들렸습니다. 이런 모든 것들은 분사규칙보다 훨씬 더 내 마음을 끌었습니다. 그러나 나는 참고 달음박질하여 학교로 달아났습니다.

면사무소 앞에 사람들이 많이 모여 선 것을 보았습니다. 2년 동안이나 우리의 모든 좋지 못한 소식이 이 게시판에 붙었습니다. 전쟁에 졌다는 소식, 병정 모집 그리고 사령부에서 오는 명령, 나는 그냥 뛰어가면서 생각하였습니다.

'이번에는 또 무슨 일일까?'

그리고 네거리 광장을 지날 때, 거기서 자기 집에서 일하는 소년과 같이 지시문을 읽고 있던 대대장 위슈렌은 날 보고 큰소리로,

"얘, 그리 급히 뛰어가지 말아라. 학교에 늦지는 않을 테니!"

나는 그 영감이 나를 놀리는 것이라고 생각하고 아멜 선생님의 작은 정원으로 헐떡거리며 뛰어들어갔습니다.

수업이 시작될 때에는 떠들썩하는 소리가 늘 길 밖에까지 들렸습니다. 책상을 열었다 닫았다 하는 소리, 얼른 외우려고 귀를 막고 다 같이 큰소리로 되풀이하는 소리…….

"좀더 조용히!"

하고 책상을 두드리는 선생님의 굵은 막대기 소리가 났습니다.

나는 이 떠들썩한 틈을 타서 내 자리에 가 앉을 생각이었는데, 웬일인지 그날은 일요일 아침같이 모든 것이 잠잠하였습니다. 친구들은 벌써 제자리에 앉아 있고, 아멜 선생님이 무서운 쇠자를 끼고 왔다 갔다하시는 것이 열려 있는 창문으로 보였습니다.

나는 문을 열고 조용한 교실 속으로 들어가지 않으면 안 되게 되었습니다. 얼마나 부끄럽고 무서웠을 것입니까?

그러나 이상하게도 아멜 선생님은 조금도 성난 빛 없이 나를 보시며 부드러운 목소리로 말씀하셨습니다.

"어서 네 자리에 가서 앉아라, 프렌츠야. 우리들은 막 공부를 시작하려던 참이다."

나는 내 책상 앞에 앉았습니다.

겨우 그때야 무서운 것이 조금 가라앉았습니다.

나는, 선생님이 장학관이 오는 날이나 상을 주는 날 입으시는 푸른 코트를 입고 잘게 주름잡힌 넓은 넥타이를 매고 수놓은 검정바지를 입으신 것을 알았습니다.

그리고 교실에는 보통과는 다른 엄숙한 기분이 가득 차 있었습니다. 그러나 교실 뒤, 늘 비어 있는 걸상에 마을 사람들이 우리들처럼 조용히 앉아 있는 것이 나를 가장 놀라게 하였습니다. 세모난 모자를 쓰고 있는 오젤 영감, 예전 촌장, 예전 우체국장 그리고 그 밖에 몇몇 사람들, 그들은 다 시름없이 앉아 있었습니다.

오젤 영감은 모서리가 다 해진 맞춤법 책을 가지고 와서, 커다란 안경을 삐뚜름하게 쓰고 책을 무릎 위에 펴 놓고 있었습니다.

내가 이러한 모든 것을 이상스럽게 생각하고 있을 때에, 아멜 선생님은 교단 위에 올라가 나를 맞이한 때와 같이 부드럽고 진중한 목소리로 우리들에게 말씀하셨습니다.

"지금 이것이 내가 너희들을 가르치는 마지막이다. 알사스와 로렌에 있는 학교에서는 독일어 외에는 가르치지 말라는 명령이 베를린에서 왔다. 새 선생님이 내일 오신다. 이것이 프랑스 말을 배우는 마지막 시간이다. 다들 정신차려 주기 바란다."

이 말씀은 나를 정신 잃은 사람같이 멍하게 하였습니다. 아! 나쁜 놈들! 면사무소 앞에 붙었던 것이 이것이었구나.

프랑스어의 마지막 수업!

그런데 나는 잘 쓰지도 못한다. 그러면 나는 이제 배우지도 못하게 되었구나! 이대로 내버리게 되다니!

쓸데없이 허비한 시간들, 새 둥지를 찾아다니며, 싸아르 강에서 얼음을 지치느라고 학교를 빼먹던 것이 지금 와서 후회가 됐습니다.

조금 전까지도 그렇게 싫증이 나고 갖고 다니기가 무겁던 문법책이나 역사책이 지금은 옛 동무들이 떠나는 것같이 안타까웠습니다.

아멜 선생님에 대해서도 그러하였습니다. 선생님이 떠나시고 다시는 못 보리라고 생각하면 벌을 선 일도, 막대기로 매를 맞은 일도 다 잊어버렸습니다.

가엾은 어른! 이 마지막 시간을 위하여 선생님은 좋은 예복을 입으셨던 것입니다. 그리고 이제야 나는 왜 마을 노인들이 교실 한 구석에 와서 앉아 있는지를 깨달았습니다. 그것은 그들이 자주 학교에 와 보지 못한 것을 후회하는 것 같았습니다.

또 40년간이나 정성을 다하여 주신 우리 선생님께 대한 감사의 뜻과, 쓰러져 가고 있는 조국에 대한 경의를 드리려 함이었습니다.

이렇게 생각을 하고 있을 때, 내 이름을 부르는 소리가 들렸습니다. 내가 욀 차례였습니다. 분사에 관한 유명한 규칙을 처음부터 끝까지 크고 똑똑한 소리로 욀 수만 있다면, 나는 무슨 일이라도 하였겠습니다.

그러나 나는 첫마디부터 헛갈렸습니다.

슬프고 무서워서 고개도 못 들고 걸상에 기대어 서 있었습니다. 아멜 선생님의 말소리가 들렸습니다.

"나는 너를 꾸짖지는 않겠다. 프렌츠야! 너는 벌을 받을 만큼 받았다. 이렇게 되는 법이다. 우리는 매일 이렇게 생각한다. '에잇, 시간은 얼마든지 있다. 내일 하자' 그리하여 어떻게 되었는가? 아! 언제나 공부를 내일로 미루는 것이 알사스의 큰 불행이었다. '뭐, 네가 프랑스 사람이라고? 제 나라 말을 잘하지 못하고 쓰지도 못하면서!'

이런 소리를 듣게 될 것이다. 이 모든 점에 있어서 프렌츠야! 너에게만 죄가 있다는 것은 아니다. 우리들은 모두가 책망을 받아야 할 것이다. 너희들 부모는 너희들을 가르치는 데 찬성하지 않았다. 몇 푼의 돈을 더 얻으려고 자식들을 밭으로나 공장으로 보내기를 원하였다. 나도 비난을 받을 일이 없지 않다. 나는 가끔 공부를 시키지 않고 너희들을 보고 내 정원에 물을 주라고 하지 않았는가. 내가 낚시질을 가고 싶은 때에는, 언제나 서슴지 않고 너희들을 집으로 일찍 돌려보내지 않았던가."

그리고 또 한 가지의 말씀을 계속하시면서 아멜 선생님은 프랑스 말에 대하여 말씀하기를 시작하셨습니다. 프랑스 말은 세계에서 제일 아름답고, 제일 똑똑하고, 제일 힘있는 말이라고 하시고,

"한 민족이 남의 나라의 노예가 되더라도 국어를 꼭 지키고 있는 동안은 갇힌 사람이 그 감옥의 열쇠를 가지고 있는 것이나 마찬가지니, 우리들은 프랑스 말을 잘 지키고 잊어버려서는 안 된다"
라는 것을 말씀하셨습니다.

그리고는 문법책을 드시고 오늘 공부할 데를 읽으셨습니다. 어떻게 쉽게 알게 되는지 나는 놀랐습니다.

내가 이렇게 정신차려 들은 적이 없었고, 또 선생님께서도 설명하시기에 이렇게 마음을 쓰신 적은 없었던 것같이 생각됩니다.

그 가엾은 선생님이 자기가 떠나기 전에 자기의 모든 지식을 우리들 머릿속에 한꺼번에 집어넣어 주시려고 애를 쓰시는 것같이 생각되었습니다. 그것이 끝난 뒤에 습자 공부를 하였습니다. 이 날을 위하며 아멜 선생님은 아주 새 글씨체를 준비하셨습니다.

거기에는 아름답고 둥근 글씨로,
"프랑스, 알사스, 프랑스, 알사스"
라고 씌어 있었습니다.

그것들이 책상 막대에 매달려 온 교실 안에 나부끼고 있는 것이 작은 기쁨들 같았습니다.

우리는 얼마나 열심이었겠습니까? 그리고 얼마나 조용하였겠습니까? 종이 위에 스치는 철필 소리만이 들렸습니다. 한 번 풍뎅이 한 마리가 날아 들어왔었지만, 아무도 거기에 정신이 팔리지는 않았습니다. 아주 작은 아이들은 글씨 대신 줄을 긋고 있었는데, 그 줄들이

마치 프랑스 말인 것처럼 힘과 정성을 다하여 긋고 있었습니다.

학교 지붕 위에서는 비둘기들이 나직한 소리로 울고 있었습니다. 나는 그 소리를 들으면서 혼자,

'저 새들도 그 놈들의 독일 말로 울게 할까?'

하고 생각하였습니다. 이따금 종이에서 눈을 들어 보면, 아멜 선생님은 그의 의자에 소리 없이 앉아서 그 작은 학교를 전부 눈 속에 넣어 가지고 가시려는 듯이 주위의 물건들을 뚫어지게 보고 계십니다.

그도 그러실 것입니다. 40년 동안 같은 장소에서 사셨습니다. 정원이 앞에 있고 조금도 바뀐 게 없는 교실에서, 다만 걸상과 책상이 오랫동안 쓰이는 동안에 많이 길들여졌을 뿐입니다. 들에 있는 호두나무는 커다랗게 자라고, 손수 심으신 덩굴나무는 창을 덮고 지붕에까지 뻗어 올라갔습니다. 이 모든 것을 떠나는 것은 얼마나 싫은 일이겠습니까? 그리고 이층에서 누이동생이 짐을 싸느라고 왔다갔다하는 발소리를 듣는 것은 얼마나 가슴 아픈 일이었겠습니까. 내일이면 이곳을 떠나지 않으면 안 됩니다. 이곳을 영영 떠나게 되는 것입니다.

그러나 선생님은 수업을 마지막까지 하실 용기가 있었습니다.

습자 다음에는 역사 공부를 하였습니다. 그리고 작은 아이들은 다같이 바, 베, 비, 보, 뷰를 불렀습니다. 저 교실 뒤에서는 늙은 오젤 영감님이 안경을 쓰고, 두 손에 맞춤법 책을 들고 그 아이들과 같이 글자를 읽느라고 애를 썼습니다. 그도 열심이었습니다. 목소리는 감격하여 떨렸습니다.

아! 이 마지막 시간을 나는 잊을 수 없습니다. 갑자기 교회당의 시계가 열두 시를 쳤습니다. 그리고 뒤이어 안제튜스 종이 울렸습니다.

그와 동시에 훈련하고 돌아오는 프러시아 병정들의 나팔 소리가 우리 들창 밑에서 요란하게 들렸습니다. 아멜 선생님은 새파랗게 질리신 얼굴로 교단에 서셨습니다.

이때같이 선생님이 크게 보인 적은 없습니다.

"얘들아, 나는…… 나는……."

그러나 목이 메어 말을 끝마치지 못하였습니다.

그래 칠판으로 돌아서서 백묵으로 있는 힘을 다하여 될 수 있는 대로 큰 글씨로 쓰셨습니다.

"프랑스 만세!"

그리고 선생님은 머리를 벽에 기대고 서서, 말없이 우리에게 손짓을 하셨습니다.

이제는 다들 가라고.

* 《동아일보》 1926. 8. 19(1), 8. 20(2), 8. 21(3), 8. 22(4)~ 4회 연재

* 〈소학생〉 57호(1948. 5)

　너새니얼 호손(Nathaniel Hawthorne, 1804~64)은 19세기 미국의 대표적 소설가로 매사추세츠 주 세일럼에서 선장의 아들로 태어났다. 호손의 가정은 독실한 청교도 신자들로 호손의 작품에 깊은 영향을 끼쳤다. 대학졸업 후 호손은 1828년 첫 소설《판쇼》를 발표했고 1837년 단편소설집《진부한 이야기들》을 출간했다. 1850년에 그의 대표작《주홍글자》를 발표했다. 이 소설은 당시 영국의 식민지이자 청교도의 본거지 보스턴에서 일어난 간통사건을 토대로 청교도적 엄격함을 그린 소설이다. 청교도주의를 비판하면서도 그 전통을 계승한 호손은 범죄나 도덕적, 종교적 죄악에 빠진 사람들의 내면생활을 도덕과 종교, 심리의 세 측면에 비추어 묘사했다. 이밖에도 그의 소설로《일곱 박공의 집》과《블라이스 데일 로맨스》등이 있다.
　여기에 번역된 단편소설은 호손의 단편소설집《소년 소녀들을 위한 탱글우드 이야기》(1853)에 실렸다.

너새니얼 호손 〈석류씨〉

엄마 세레즈는 자기의 딸 프로셀피나를 끔찍이도 사랑하여 딸이 혼자서 들로 나가는 것을 허락하지 않았습니다. 한편, 이 이야기가 시작되는 바로 그 순간에 엄마는 너무나 바빴습니다. 왜냐하면 곡식의 여신인 그녀는 밀이며, 인디안 옥수수, 호밀, 보리 등 모든 종류의 곡식을 돌보아야 했고, 계절이 이상하게도 천천히 가는 바람에 곡식을 다른 때보다 더 빠르게 익도록 해야만 했기 때문입니다.

그래서 그녀는 그녀가 보통 때 항상 하고 다니는 양귀비꽃으로 만든 터번을 머리에 하고, 날개가 달린 두 마리의 용이 끄는 마차를 타고 막 출발하려고 하였습니다.

"엄마!"
하고 프로셀피나가 말했습니다.
"엄마가 없으면 전 무척 심심할 거예요. 바닷가로 달려가서 님프 언니들에게 파도를 타면서 저랑 같이 놀자고 하면 안 될까요?"
"그래, 아가야"
라고 세레즈가 대답했습니다.
"님프들은 좋은 요정들이고, 또 네가 절대 해를 입지 않도록 할 거야. 그러나 절대로 언니들에게서 멀리 떨어지지 말고, 또 혼자서 들을 돌아다니면 안 돼. 엄마가 옆에서 돌보아 주지 않는 어린 여자아이는 안 좋은 일에 말려들기 아주 쉽단다."

프로셀피나는 마치 어른처럼 신중하리라 약속을 했습니다. 날개 달린 용들이 마차를 보이지 않게 끌고 가버렸을 때, 프로셀피나는 벌써 바닷가에 도착하여 같이 놀자고 님프들을 부르고, 님프들은 프로셀피나의 목소리를 알고 있었기 때문에 곧 그들의 집 위에 물로 반짝이는 얼굴과 초록 바다의 머릿결을 드러냈습니다.

님프들은 수많은 아름다운 조개껍질을 가지고 올라와 파도가 부서지는 축축한 모래 위에 앉아 그것을 가지고 목걸이를 부산하게 만들어 프로셀피나의 목에 걸어 주었습니다. 프로셀피나는 님프들에게 고마움을 표시하기 위해 들 쪽으로 조금 더 나가자고 졸라댔지요. 왜냐하면 들로 나가면 넘치는 꽃을 꺾어 그들에게 화환을 만들어 줄 수 있었기 때문이지요.

"오, 안 돼, 프로셀피나"
하고 님프들은 외쳤습니다.

"우리는 절대 너와 그 마른땅으로 갈 수가 없어. 우리는 숨 하나하나에 바다의 소금 산들바람을 들이쉬지 못하면 기절하고 말아. 그리고 우리가 우리 몸을 편안하도록 젖게 하기 위해 얼마나 조심스럽게 이따금씩 파도를 맞고 있는지 모르지? 그렇지 않으면 우리는 마치 햇볕에 말라버린 뿌리 뽑힌 미역다발 같을 거야."

"정말 안됐네"
라고 프로셀피나가 말했습니다.

"그럼 여기서 나를 기다리고 있어요. 내가 달려가서 앞치마 가득 꽃을 따올게요. 파도가 언니들을 열 번 치기 전에 말이에요. 나는 언니들에게 이 수많은 색의 조개껍질로 된 목걸이와 같이 예쁜 화환을 만들어 주고 싶어요."

"그러면 기다릴게"

라고 님프들이 대답했습니다.

"네가 가고 없는 동안, 우리는 물 밑의 부드러운 스폰지 둑에 누워 있는 게 좋겠어. 오늘 공기가 우리에게는 좀 건조하거든. 그래도 몇 분에 한 번씩 네가 오는지 머리를 내밀어 볼게."

어린 프로셀피나는 어제 봐두었던 꽃이 많이 피어 있는 장소로 재빠르게 뛰어갔습니다. 그러나 가 보니 꽃들은 조금 시들해져 있었지요.

가장 신선하고 사랑스런 꽃봉오리들을 님프 친구들에게 주고 싶은 마음에 프로셀피나는 들 안쪽으로 더 들어갔고, 기쁨에 겨워 소리를 지를 만한 꽃들을 발견했습니다.

너무나 크고 향긋한 바이올렛, 커다란 장미꽃, 무척 훌륭한 히아신스, 너무나 향기로운 패랭이꽃, 이름을 알 수 없는 다른 꽃 등등, 그렇게 멋있는 꽃들을 본 적이 없었습니다. 마치 누가 고의적으로 그녀를 들 깊숙이 끌어들이기 위해 그녀 앞에 그런 화려한 꽃다발이 갑자기 피어나는 것 같다는 생각이 두어 번씩 들 정도였습니다.

프로셀피나의 앞치마는 금방 꽃봉오리들로 넘칠 듯이 가득 채워졌지요. 그녀는 님프들과 젖은 바다 모래에 앉아서 함께 화환을 만들려고 돌아서는 순간 조금 더 먼 곳에 세상에서 가장 화사한 꽃들로 완전히 뒤덮인 나지막한 나무를 보았습니다.

"너무나 사랑스럽구나!"

프로셀피나는 외치며 생각하기를,

"방금 전에 저쪽을 지나쳤었는데, 왜 저 꽃들을 보지 못했었지?"

그 나무에 가까이 갈수록, 그것은 더욱 아름다워 보였습니다. 아주 가까이 왔을 때는 말로 표현할 수 없을 정도로 아름다웠지만, 프로셀피나는 그것을 좋아해야 할지 말아야 할지 망설여졌습니다.

나무 위에는 가장 빛나는 색들로 된 수백 송이의 꽃이 피어 있었고, 모든 꽃들은 서로 다르면서도 서로 비슷하였습니다. 그러나 나뭇잎과 꽃잎에는 너무나 깊으면서도 반들반들한 광택이 있어서 프로셀피나는 혹시 독이 있는 것이 아닌가 의심스럽기도 했습니다. 사실은 우습게 들릴지도 모르겠지만, 프로셀피나는 거의 돌아서서 도망을 가려고 했습니다.

"정말 난 바보 같은 애야!"

용기를 내면서 프로셀피나는 생각했습니다.

"이건 이 땅 위에서 싹을 틔운 것 중 가장 아름다운 나무야. 뿌리째 뽑아서 집에 가지고 가 마당에 심어야지."

꽃으로 가득한 앞치마를 왼손으로 든 채, 다른 손으로 잡아채 당기고 당겼으나 뿌리가 박힌 흙을 흩어낼 수가 없었습니다. 어찌나 뿌리가 깊숙이 박혀 있는지…… 프로셀피나는 다시 있는 힘껏 당겼고, 그러자 그 줄기 주변의 땅이 어느 정도 흔들리며 갈라지는 것을 볼 수 있었습니다.

또 한 번 더 당겼을 때는 그녀의 발밑으로 우르릉거리는 소리가 들려 잡았던 손을 느슨하게 풀어 주었습니다. 뿌리가 마법이 걸린 동굴에까지 뻗어 있는 것은 아닐까? 프로셀피나는 유치한 자신의 생각에 웃으며, 다시 한 번 힘을 줬습니다.

그러자 나무가 쑥 하며 뽑혔고 프로셀피나는 뒤로 휘청거리면서도 손에는 줄기를 쥐고, 뿌리가 뽑힌 자리에 생긴 깊은 구멍을 의기양양하게 바라보았습니다.

그런데 놀랍게도 이 구멍은 바닥이 보이지 않을 때까지 점점 더 넓어지고 깊어지는 것이었습니다.

그러는 동안 그 속에서 우르릉거리는 소리가 점점 더 크게, 가깝게, 마치 쿵쿵거리는 말발굽과 달그락거리는 수레바퀴 같은 소리가 들려왔습니다.

너무나 무서워서 도망치지도 못하던 프로셀피나는 눈을 크게 뜨고 이 놀라운 구멍을 내려보자, 곧 연기를 콧구멍으로 내뿜으며 화려한 금빛의 수레를 뒤로 한 네 마리의 흑마가 땅을 헤치고 나타났습니다.

수레와 말들은 이 바닥이 보이지 않는 구멍에서 뛰쳐나와 검은 갈기와 꼬리를 휘날리며, 발굽을 동시에 땅에서 띄워 도약하여, 프로셀피나가 서 있는 곳으로 가까이 다가오는 것이었습니다.

수레 안에는 화려한 옷을 입고 다이아몬드로 번쩍이는 왕관을 쓴 사람이 앉아 있었습니다. 그는 좀 잘생기고 귀족적인 인상을 풍겼으나, 기분이 나쁜 표정을 하고 있었습니다. 그리고 햇빛이 충분한 곳에 살지 않아 빛이 싫은 듯 계속 눈을 비비고 손으로 그림자를 만들었습니다.

이 사람은 겁에 질린 프로셀피나를 보자마자 자기에게 조금 더 가까이 오라고 불렀습니다.

"무서워하지 말아요"

라고 말하면서 그 사람은 묘한 웃음을 지으며 말했습니다.

"이리로 와요. 나의 아름다운 마차를 타고 조금 달려보고 싶지 않나요?"

그러나 프로셀피나는 너무나 놀라 그의 손에서 벗어나고만 싶었습니다. 정말이지 그 낯선 사람은 미소를 지음에도 불구하고 아주 좋은 사람 같아 보이지 않았습니다. 그의 목소리는 무서웠고, 마치 땅 밑의 지진과 같은 우르릉거리는 소리를 냈습니다. 어려움에 빠진 모든 어린아이들이 그러하듯이 프로셀피나에게 제일 먼저 떠오른 생각은 엄마를 부르는 것이었습니다.

"엄마, 엄마아…!"

떨면서 소리질렀습니다.

"빨리 와서 나를 구해 주세요!"

그러나 프로셀피나의 목소리는 엄마가 들을 수 있기에는 너무나 약했습니다. 실제로 엄마 세레즈는 수천 마일이 떨어진 먼 나라에서 옥수수가 자라게 하고 있었을 것입니다. 설사 엄마가 들을 수 있는 거리에 있었을지라도 불쌍한 딸에게는 소용이 없었을 것입니다.

왜냐하면 프로셀피나가 소리를 지르자마자, 그 낯선 사람은 땅으로 뛰어내려 팔로 프로셀피나를 낚아채고 다시 수레에 올라, 고삐를 흔들며 네 흑마에게 어서 출발하라고 소리쳤기 때문이지요. 말들은 순간적으로 어찌나 빠르게 내달리는지 마치 땅 위를 뛰는 것이 아니라 공중으로 나는 것 같았습니다.

곧 프로셀피나는 그녀가 쭉 살아왔던 평온한 에나의 골짜기를 볼 수가 없었고, 또 한 번의 눈 깜짝할 사이에 에나 산꼭대기 또한 멀리 너무나 파랗게 보여, 그 분화구에서 솟는 연기와 구분이 되지 않을 정도였습니다.

그러나 여전히 이 불쌍한 아이는 비명을 질렀고, 그녀의 앞치마에 가득 담겨 있던 꽃들은 가는 길에 흩어져 버렸습니다. 그 비명은 수레가 지나가는 길 뒤로 긴 울음소리를 남겼습니다. 이 소리를 들은 많은 엄마들은 자기들의 아이에게 어떤 나쁜 일이 생긴 건 아닌가 하고 서둘러 달려갔지만, 세레즈는 너무 멀리 있어서 그 울음소리를 들을 수가 없었습니다.

그 아이는 몇 번이나 소리를 질렀으나 맨 나중 번 소리만이 세레즈 여신의 귀에까지 들렸습니다.

그녀가 와르르 소리를 내며 굴러가는 마차 바퀴 소리를 들었을 때는 하늘에서 천둥 치는 소린가 하였습니다.

그래서 콩을 잘 북돋아 줄 소낙비가 오리라고만 생각하였습니다. 그러나 이 프로셀피나가 지르는 목소리를 듣고는 놀라지 않을 수 없었습니다.

사면을 돌아보아도 어디서 들려오는 줄은 모르겠으나 그 목소리는 틀림없이 딸의 목소리였습니다.

날개 달린 용을 타지 않고서는 도저히 오지 못할 터인데 그 어린 것이 산을 넘고 바다를 건너서 그곳까지 왔으리라는 것은 상상할 수도 없는 일이었습니다. 그래 세레즈는 자기가 들은 그 가련한 목소리는 프로셀피나가 지른 것이 아니고 어떤 다른 아이의 음성으로 믿으려 하였습니다. 그러나 아이를 두고 온 엄마의 마음이라 암만해도 걱정스러워서 하던 일을 그만두고 떠났습니다.

그가 타고 다니던 한 쌍의 용은 참으로 빠른 날개를 가진 것들이었습니다.

한 시간도 되기 전에 벌써 집에 다다랐습니다.

물론 프로셀피나는 보이지 않았습니다. 그 아이가 늘 바닷가에서 놀기를 좋아하는 까닭에 세레즈는 곧 모든 힘을 다하여 달음질로 그

곳에 가 보았습니다.

바닷가에도 프로셀피나는 보이지 않고 가여운 바다 님프들이 물결 위로 젖은 얼굴을 내밀었습니다.

참으로 이때까지 그 마음 좋은 님프들은 해면 언덕 위에서 안 오는 프로셀피나를 기다리고 있었습니다. 그리고 한참 동안에 두 번씩 물 위로 머리를 들어 그의 동무가 오는가 하고 내다보는 것이었습니다.

"프로셀피나는 어디 있니?"

세레즈 여신은 악을 썼습니다.

"어디 있어, 우리 애기가? 말해라, 요 나쁜 바다 님프들아! 너희들이 그 아이를 홀려서 바다 밑으로 끌고 들어갔지?"

"아이고, 아니에요! 세레즈 여신님."

그 무죄한 바다 님프들은 푸른 머리채를 흔들고 세레즈의 얼굴을 쳐다보며 대답하였습니다.

"우리는 그런 일은 꿈도 꾸어 보지 못하였습니다. 프로셀피나가 우리와 같이 논 것만은 정말입니다. 그러나 벌써 아까 화환 만들 꽃을 따러 마른 땅에 잠깐만 갔다 오겠다고 갔습니다. 그것이 아침결이었었는데 아직까지 볼 수가 없습니다."

세레즈는 님프의 말이 채 끝나기도 전에 벌써 동네 사람들에게 물어보려 달음질을 쳤습니다. 그러나 아무도 이 불쌍한 어머니에게 프로셀피나가 어찌된 것을 가르쳐 주지 못하였습니다.

그래서 세레즈는 횃불을 켜들고 프로셀피나를 찾기 전에는 다시 돌아오지 않을 결심으로 길을 떠났습니다.

급하고 걱정스러운 마음에 마차와 날개 달린 용들도 잊어버렸습니다.

그렇지 않다면 아마 걸어다니는 것이 자세히 찾아보기에 편하다고 생각한 까닭이었겠지요. 어떻든 세레즈는 횃불로 앞을 밝히고 길가에 어떤 것이나 잘 살피면서 길을 나섰습니다.

그리고 우연하게도 얼마 멀리 가지 않아서 프로셀피나가 꽃을 꺾은 덩굴 속에서 참으로 황홀한 꽃 한 송이를 발견했습니다.

세레즈는 횃불로 그것을 자세히 들여다보면서

"하― 이 꽃에는 조화가 붙었다. 땅은 내 힘을 빌어서도, 또한 제 스스로 이런 것을 나게 하지 아니할 터인데! 이것은 마술의 놀음이다. 그렇다면 해독이 있을 것이다. 그리고 아마 내 불쌍한 딸도 이것이 해쳤을 테지."

엄마는 그 독소를 가슴에다 품고 무슨 다른 증거물이 없나 둘러보았습니다.

세레즈는 열흘 동안이나 밤낮으로 찾으러 돌아다니다가 마침내 태양의 신 피버스한테 찾아갔습니다.

세레즈는 외쳤습니다.

"피버스님! 큰일났습니다. 나는 당신의 힘을 빌리려고 찾아왔습니다. 내 사랑스런 아이 프로셀피나가 어찌 되었는지 좀 가르쳐 주십시오."

"프로셀피나, 프로셀피나? 그 아이 이름을 프로셀피나로 부르시었나요?"

그는 생각해 보느라고 애를 썼습니다. 왜냐하면 그의 마음속에는 언제나 즐거운 생각이 연달아 흐르기 때문에 그는 어제 일이라도 금세 잊어버리기가 쉬운 까닭입니다.

"예, 예. 지금에야 생각이 납니다, 세레즈님. 나는 며칠 전에 조그만 프로셀피나를 본 적이 있습니다. 그 아이 때문에 아무 염려도 하지 마십시오. 그 아이는 아주 훌륭한 사람 손에 무사히 있습니다."

세레즈는 손뼉을 치고 피버스 앞에 넘어지면서,

"아니, 우리 아이가 어디 있어요?"

하고 소리를 질렀습니다.

"왜 이러세요?"

하면서 피버스는 그의 말마디 사이로 음악이 흐르게 하느라고 칠현금을 뜯었습니다.

"참으로 그 아이는 꽃을 좋아했습니다. 그 작은 아이가 꽃을 꺾고 있을 때, 갑자기 플루토 왕이 확 채 가지고 그의 나라로 달아나버렸습니다. 나는 우주 그쪽으로는 가 보지는 못했으나 남들의 말을 들으면 그의 왕궁은 아주 찬란하고 값비싼 재료로만 지은 으리으리한 집이라고 합니다. 황금, 다이아몬드, 진주 그리고 다른 많은 보석들을 당신의 딸은 장난감으로 가지고 놀 것입니다. 세레즈님, 그냥 마음놓으십시오. 프로셀피나의 아름다운 것을 좋아하는 마음은 진정으로 만족할 것입니다. 비록 그 꽃에는 햇빛이 없다 할지라도 그 아이는 부러워할 만하게 지내고 있을 것입니다."

"쉬! 그런 말은 하지도 마십시오."

세레즈는 성을 내며 말했습니다.

"그곳의 무엇이 그 아이를 즐겁게 하겠습니까? 사랑이 없이 당신이 말하는 그 사치가 다 무엇이겠어요? 나는 그 아이를 찾아야 되겠습니다. 그 흉악한 플루토에게 내 딸을 달라고 해야겠으니 당신이 나와 같이 가 주시겠어요?"

피버스는 다정한 목소리로,

"용서하십시오. 나는 진심으로 당신이 성공하시길 빕니다. 그러나 내 일이 좀 바빠서 어쩔 수 없이 모시고 가지는 못하니 대단히 미안합니다. 더군다나 플루토 왕과 나는 그리 사이가 좋지 못하답니다. 사실은 그 머리 셋 달린 개란 놈이 대궐 문 앞을 지나가게 놔두지 않을 겁니다. 나는 어디 가든지 햇빛 한 단씩 가지고 다니기 때문이지요. 햇빛은, 아십니까? 플루토 왕의 나라에서는 절대 금기거든요."

세레즈는 그의 딸이 어떻게 되었는지는 알았지만 조금도 기쁠 것이 없었습니다. 프로셀피나가 땅 위에 있다면 찾을 희망도 있으련마는 오히려 더 희망이 없이 되었습니다.

세레즈는 할 수 없이 이리로 저리로 헤매다가 실망 끝에 마침내 자기의 딸을 찾아오기 전에는 사람이나 짐승이 먹고 살 곡식이나 풀을 하나도 열리지 않게 하겠다는 무서운 작정을 하게 되었습니다.

참으로 아스파라거스의 머리 하나라도 세레즈 여신의 허가 없이는 못 나올 터이니 이 세상에 얼마나 큰 재앙이 내려질 것인지 짐작하실 것입니다.

농부는 전과 같이 곡식을 심었습니다.

그러나 기름진 논밭도 사막과 같이 곡식을 북돋아주지는 못하였습니다. 그리고 부잣집 넓은 논두렁이나 오막살이집도 모두 거칠어지고 어린 여자아이들의 꽃밭에도 말라빠진 풀줄기만 남아 있었습니다. 불쌍하게도 굶주린 소와 양들이 세레즈 여신께 애원하듯이 뒤를 쫓아다녔습니다. 그리고 그녀의 권력을 아는 사람은 누구나 그녀에게 인류에게 은혜를 베풀어서 식물이 자라게 하여 달라고 빌었습니다. 그러나 원래 성품이 인자한 세레즈 여신도 이번에는 들으려 하지 않았습니다.

세레즈는 말하기를,

"안 돼요. 이 세상에 다시 어떤 푸성귀든지 볼 수 있게 된다면 그것은 내 딸이 나에게로 오는 길가에서부터 자라날 것입니다."

그래 세상 사람들은 속히 퀵 실버를 사신으로 보내서 플루토 왕을 잘 달래 프로셀피나를 내놓도록 하는 수밖에 아무 도리가 없었습니다. (지금 말한 퀵 실버는 수은이란 말인데, 이 친구는 날개 달린 모자와 신발을 신고 몸이 대단히 가볍기 때문에 그 이름을 퀵 실버라 부릅니다.)

사명을 받은 퀵 실버는 모든 재주를 다 부려 가지고 바로 그 머리 셋 달린 개들 위를 날아 넘어서 순식간에 대궐 문 앞에 섰습니다. 예전에 몇 번 본 일이 있는 하인들은 그의 얼굴과 차림차림으로 누구인지 알고 곧 안으로 인도하였습니다. 그의 차림차림이라는 것은 짧은 망토, 날개 달린 모자와 신발, 뱀으로 만든 지팡이를 말한 것입니다. 플루토 왕은 맨 꼭대기 위층에서 퀵 실버의 목소리를 듣자 퀵 실버의 유쾌한 이야기를 듣고 좋아하며 어서 올라오라고 명령하였습니다.

프로셀피나는 플루토 왕의 궁전에 있는 동안은 음식을 입에 대지 않겠다고 하였습니다. 그녀가 어떻게 그 결심을 지켰는지, 또 그러는 동안에도 어떻게 포동포동하고 혈색이 좋아졌는지는 설명할 수가 없습니다.

그러나 어떤 소녀들은 단지 공기만을 마시고도 살 수 있는 능력을 가지고 있다고 합니다.

어쨌거나 프로셀피나가 이 대궐 안으로 들어온 지도 벌써 6개월이 흘렀습니다. 플루토 왕은 매일매일 아이들이 좋아할 만한 감칠맛 나는 고기와 맛좋은 과일, 온갖 섬세한 맛으로 프로셀피나를 유혹하였습니다.

그러나 평소 엄마 세레즈에게 이런 것들은 몸에 해롭다고 배운 프로셀피나는 그것을 맛보고 싶은 충동을 뿌리칠 수 있었습니다.

이제껏 항상 유쾌하고 적극적이던 프로셀피나는 우리가 짐작하는 것만큼 그렇게 우울해 하지는 않았습니다.

플루토 왕의 웅대한 궁전은 방이 수천 개나 되었고, 각각의 방은 아름답고 훌륭한 물건들로 가득 채워져 있었습니다.

사방은 끊임없이 은은한 빛을 뿜어냈고, 셀 수 없이 많은 기둥들 안에서 그 빛의 반은 숨어 있는 듯했습니다. 그러나 그 각각의 보석들이 뿜어내는 고유의 빛을 모두 합친다고 해도 자연의 햇살 한 줄기보다는 못했고, 그녀가 가지고 놀았던 수만 가지의 보석들도 그녀가 따고 모으던 꽃들의 아름다움보다 못했습니다.

그러나 여전히 프로셀피나가 복도와 방들을 오갈 때면 마치 자연과 햇빛을 담고 다니는 듯했고, 오른손 왼손으로 이슬을 머금은 꽃들을 뿌리는 듯했습니다.

프로셀피나가 이 궁전에 온 뒤로 그곳은 더 이상 이전의 우울하고 웅장함으로만 치장된 곳이 아니었습니다. 그 궁전에 살던 사람들은 모두 그것을 느낄 수 있었으며, 누구보다도 플루토 왕이 그것을 절실히 느낄 수 있었습니다.

"나의 귀여운 프로셀피나, 나는 네가 나를 조금만 더 좋아해 주었으면 좋겠구나. 우리같이 어둡고 우울한 사람들도 마음 깊숙한 곳에는 조금 더 쾌활한 성격이 있단다. 네가 여기에 우리와 함께 더 있어 준다면 이런 궁전을 수백 개 가진 것보다 더 기쁠 텐데"

하고 플루토는 얘기하곤 했습니다.

"아, 나를 여기에 이렇게 데리고 오기 전에 당신을 좋아하게 만들었어야 하는 건데. 이제 와서 당신이 할 수 있는 가장 좋은 일은 나를 놓아주는 거예요. 그러면 나는 가끔씩 당신을 생각해 줄 거고, 원래는 좋은 사람이었다라고 생각할 텐데요. 그리고 아마 언젠가는 당신을 만나러 한 번씩 돌아오곤 할 텐데……"
라고 프로셀피나는 말했습니다.

"아니야, 아니야"
라고 우울한 웃음을 지으며 플루토는 대답했습니다.

"난 네가 지금 한 말을 믿을 수가 없어. 너는 저 세상에서 햇빛을 받고 꽃을 따는 것을 너무나 좋아해. 어찌나 게으르고 유치한지. 내가 너를 위해 캐오라고 한 이 보석들, 심지어 내 왕관에 박혀 있는 것보다 더 아름다운 이 보석들은 바이올렛보다 훨씬 더 아름답지 않니?"

"반만도 못해요!"

플루토의 손에 쥐어져 있던 보석을 빼앗아 복도 맞은편 끝으로 그것을 던지며 프로셀피나는 소리질렀습니다.

"오, 나의 어여쁜 바이올렛! 다시는 너희들을 볼 수 없는 걸까?"

프로셀피나는 울음을 터뜨렸습니다. 그러나 어린아이들의 눈물은 어른들과 달리 짠맛도 신맛도 없고 눈을 충혈시키지도 않습니다. 그래서 얼마 지나지 않아 프로셀피나는 마치 바다 님프들과 바닷가에서 뛰어놀 때처럼 궁전 복도를 뛰어다니고 있었습니다.

그러한 프로셀피나를 플루토는 물끄러미 바라보며 자기도 그녀와 같은 어린아이였으면 하고 바랐습니다.

뛰놀던 프로셀피나가 고개를 돌려 그러한 생각을 하고 있는 플루토를 봤을 때 그녀도 이 화려한 복도에 서 있는 위대한 왕이 너무나 우울하고 외로워 보여 가엾은 생각이 들었습니다.

프로셀피나는 다시 그에게로 달려가서 정말 처음으로 그녀의 작고 보드라운 손을 그의 손에 얹었습니다.

"나는 당신이 조금은 좋아요"

하고 그의 얼굴을 바라보며 그녀는 말했습니다.

"정말이니?"

하고 플루토는 소리쳤습니다. 그가 허리를 숙여 그녀에게 입맞춤을 하려 하자 프로셀피나는 얼른 도망을 나왔습니다. 그가 아무리 고귀한 사람이라도 그는 너무 어둡고 슬퍼 보였습니다.

"그래, 내가 너를 여기에 수개월 동안 가두고 굶기면서 너에게 그런 것을 바랄 순 없지. 정말 너 배고프지 않니? 내가 너에게 먹을 만한 걸 좀 구해다 주고 싶은데?"

"아니요. 당신의 요리사는 내가 좋아할 거라고 생각하는 것을 항상 굽고, 끓이고, 빵을 만들어 이 요리 저 요리를 만들어내지만요, 나는 그런 것들은 전혀 안 좋아해요. 내가 좋아하는 것들은 우리 엄마가 구워준 빵 한 조각, 엄마 정원에서 따온 과일 같은 그런 것들이에요."

플루토는 이 말을 들었을 때 그가 이제껏 프로셀피나에게 먹여 보려고 한 음식들이 다 잘못된 것임을 깨달았습니다. 요리사가 만들었던 요리들은 엄마 세레즈가 요리해 줬던 단순한 음식에 길들여진 착한 어린이가 좋아하지 않을 인위적인 맛이었던 것입니다. 왜 그 생각을 못했던가 한탄하면서 플루토는 사령을 보내 큰 바구니에 지상에서 가장 맛있는 배, 복숭아, 자두를 구해 오라고 시켰습니다. 그러나 불행히도 지금은 세레즈 여신이 과일이나 야채가 자라지 못하도록 해두었던 터라, 온 지구를 돌아다닌 후 플루토의 신하는 거의 먹지 못할 정도로 말라버린 하나의 석류를 발견했습니다. 그럼에도 불구하고 그것 외에는 먹을 만한 것을 찾을 수 없었기 때문에 그 오래되고 시들해진 석류를 궁전으로 가지고 올 수밖에 없었습니다.

신하는 그 석류를 멋진 금쟁반에 담아 프로셀피나에게 가지고 갔습니다. 바로 그때 신기하게도 신하가 그 석류를 궁전의 뒷문으로 가지고 들어가려고 하는 순간, 우리의 친구 퀵 실버가 플루토 왕에게서 프로셀피나를 데려가고자 앞문의 계단을 올라가고 있었던 것입니다. 프로셀피나는 그 금쟁반에 담긴 석류를 보자마자 그 신하에게 다시 물려 가는 것이 좋겠다고 얘기하였습니다.

"나는 절대 그것에 손대지 않을 거예요. 내가 아무리 배가 고프더라도 그렇게 볼품없이 말라비틀어진 석류는 먹을 생각조차 않을 거예요"
라고 프로셀피나는 말했다.

"이것은 지금 이 세상에 단 하나뿐인 것입니다"
라고 신하는 말하였습니다.

그는 쭈글쭈글한 석류가 담긴 금쟁반을 내려놓고 방을 나가버렸습니다. 그가 나가자 프로셀피나는 탁자에 가까이 와 그것을 바라보지 않을 수가 없었습니다.

솔직히 말하면 그것을 보자마자 그녀는 이때까지 참아왔던 식욕이 한꺼번에 몰려오는 것을 느낄 수 있었습니다.

정말이지 그 석류는 시들했었고, 과즙이 다 말라버린 듯했습니다. 그러나 이 과일은 프로셀피나가 여기서 본 처음이자 마지막 과일이 될 것 같았습니다. 만약에 그녀가 지금 이것을 먹지 않는다면 이 과일은 틀림없이 아예 먹지 못할 정도로 말라버릴 것이었습니다.
 "적어도 냄새를 맡는 건 괜찮겠지"
라고 프로셀피나는 생각했습니다.
 프로셀피나는 석류를 집어들어 코에 갖다 대었습니다. 그러고는 어떻게 된 것인지 입에 너무 가까워서인지, 과일은 벌써 프로셀피나의 작은 목구멍으로 넘어가려고 하고 있었습니다.
 이런, 어찌 이런 일이! 프로셀피나는 자신이 무엇을 하고 있는 것인지 미처 깨닫기 전에 자신의 이가 그 석류를 깨물었던 것입니다. 그러자마자, 방문이 열리면서 플루토 왕이 퀵 실버를 뒤로 하고 들어왔습니다. 그들이 들어오는 소리에 프로셀피나는 석류를 그녀의 입에서 뺐었습니다.
 그러나 누구보다도 날카로운 눈과 재치를 가지고 있던 퀵 실버는 프로셀피나가 약간 혼란스러워함을 알 수 있었습니다. 쟁반이 비어 있는 것을 보고는 그녀가 무언가를 먹고 있었음을 눈치챘습니다.
 그러나 플루토는 전혀 모르는 것이었습니다.
 "나의 귀여운 프로셀피나!"
 플루토는 내려앉아 프로셀피나를 자기 무릎 쪽으로 끌어안으며 말했습니다.
 "여기 퀵 실버가 왔구나. 그는 내가 너를 여기에 데리고 있음으로 해서 아무 죄 없는 사람들에게 얼마나 슬픈 일들이 일어나게 되었는지에 대해 얘기해 줬어. 솔직히 말해서, 이미 나는 내가 너와 너의 엄마에게 얼마나 못된 행동을 한 것인지 알고 있었어. 그러나 너도 한번만 생각해 주렴. 이곳이 아무리 귀중한 보석들이 밝게 빛난다 해도 여기는 항상 우울한 곳이고, 또 내가 별로 유쾌한 성격의 사람이 아니기 때문에 이곳을 위해 나보다는 더 행복한 사람을 찾아야만 했던 것은 당연한 거야. 그래서 나는 네가 내 왕관을 장난감으로라도 가져가길 원했던 것이야. 그리고 나는 너의 놀이친구가 되길 원했던 거고, 우스꽝스런 기대였지……."

"아니, 그렇게 우스꽝스럽지는 않아요"
라고 프로셀피나는 속삭였습니다.

"어쩔 때는 정말로 나를 즐겁게 해줬어요."

"고맙구나"
라고 플루토는 아무렇지도 않은 듯 말했습니다.

"그러나 나는 네가 나의 궁전을 아주 우울한 감옥으로 생각하고 나를 무정한 감옥지기로 생각한다는 것을 잘 알 수 있어. 내가 너를 여기에 더 오래 두려고 너를 6개월 동안 굶긴 걸로 봐서 내가 납 같은 심장을 가졌다는 건 사실이지. 자, 너에게 자유를 준다. 퀵 실버와 떠나렴. 너의 엄마에게 어서 가렴."

프로셀피나는 그냥 아무렇지도 않게 플루토를 떠날 수가 없었고, 석류에 대해 얘기하지 못한 것이 마음에 많이 걸렸습니다. 그녀는 자기가 떠나면 비록 플루토가 자기를 납치한 것이기는 했지만 유일한 자연스런 빛이었던 자기를 너무나 소중히 여긴 나머지 그런 것이란 걸 알기 때문에, 이 화려한 빛이 가득한 이곳이 얼마나 생기를 잃은 곳이 될지 생각하니 눈물이 한두 방울 흘렀습니다. 만약 퀵 실버가 서두르지 않았다면 프로셀피나는 얼마나 많은 친절한 위로의 말을 슬퍼하는 왕에게 늘어놓았을지 모릅니다.

"빨리 가자"
하고 퀵 실버는 프로셀피나에게 속삭였습니다.

"안 그러면 폐하가 마음을 바꿀지도 몰라. 그리고 무엇보다 그 금 쟁반에 담겨 왔던 것에 대해서는 아무 말도 하지마."

순식간에 그들은 그 큰 대문을 지나, 짖으며 으르렁거리는 머리 셋의 개를 뒤로 하고, 지상으로 올라왔습니다. 프로셀피나가 서둘러 지나간 자리는 초록색으로 물들기 시작했습니다. 그녀의 축복받은 발이 닿는 곳에는 이슬을 머금은 꽃이 피었습니다.

바이올렛들도 양 옆으로 피어올랐습니다.

여러 달 동안 말랐던 것을 보상이라도 하듯 풀과 곡식들이 활기 넘치게 싹을 틔웠습니다. 굶고 있던 소들도 다시 풀을 뜯기 시작했고, 더 먹기 위해서 한밤중에 다시 일어날 정도였습니다. 갑자기 그렇게 찾아오는 여름에 농부들이 얼마나 분주해졌는지는 충분히 아시겠지요? 그리고 얼마나 많은 새들이 날아와 새로 돋는 나무에 앉아 즐거움에 도취된 노래를 부르는지도 잊지 않고 이야기해 주고 싶습니다.

세레즈는 아무도 없는 집에 돌아와 타고 있는 횃불을 손에 든 채 절망적인 심정으로 문 앞 계단에 앉았습니다. 그녀는 아무 생각 없이 그 횃불을 바라보고 있었는데 횃불이 갑자기 깜박거리더니 순식간에 꺼지는 것이었습니다.

"아니 이게 무슨 징조지?"
하고 생각했습니다.

"이 횃불은 마법의 횃불이라 내 아이가 돌아오기 전까지 켜져 있어야 하는데……."

고개를 들어 올려다보니, 놀랍게도 마치 동이 틀 때처럼 금빛의 물결이 멀리서부터 반짝이며 드넓게 땅 위로 번지는 것처럼, 신록의 물결이 거무죽죽하고 거친 들판을 확 덮고 있는 것이었습니다.

"지구가 나를 거역하고 있는 것인가?"

하고 세레즈는 분개하여 소리쳤습니다.

"내가 나의 딸이 내 품에 돌아오기 전까지는 불모를 명령했는데, 감히 초록으로 변하려 하다니?"

바로 그때,

"자, 사랑하는 엄마! 팔을 벌려 이 작은 딸을 안아 주세요!"

라고 익숙한 목소리가 들려 왔습니다.

프로셀피나는 달려와 엄마의 품에 안겼습니다. 그 엄마와 딸의 만남은 이루 말로 표현할 수가 없습니다.

이제껏 떨어져 있는 동안 그들은 많은 눈물을 흘렸지만 이제는 넘치는 기쁨에 그보다 더 많은 눈물을 흘릴 수밖에 없었습니다.

그들의 심장이 조금은 진정이 되었을 때, 엄마 세레즈는 프로셀피나를 걱정스러운 듯이 쳐다보았습니다.

"나의 딸아, 플루토 왕의 궁전에서 있는 동안 어떤 음식을 먹은 건 아니지?"

하고 엄마는 물었습니다.

"사랑하는 엄마, 모든 것을 사실대로 말씀드릴게요. 오늘 아침까지만 해도 단 한 줌의 음식도 먹지 않았는데, 오늘 아침 제게 석류 한 개를 가지고 오더라고요. 알과 껍질만 남을 정도로 너무 말라비틀어진 것을요. 그런데 너무 오랫동안 과일을 보지 못했고 너무 배가 고파서, 한 입 물고 싶은 충동을 느꼈어요. 내가 그것을 맛보려는 순간, 플루토 왕과 퀵 실버가 방안으로 들어와서 한 입도 삼키지 못했어요. 그렇지만… 엄마, 석류알 여섯 개가 내 입안에 남아 있긴 했어요."

"아, 이런!"

엄마 세레즈는 소리쳤습니다.

"그 각각의 석류알은 네가 플루토 왕의 궁전에 일년중 지내야 하는 달을 뜻하는 거란다. 너는 엄마에게 반만 돌아온 것이구나. 나와 여섯 달을 보내고 나머지 여섯 달은 정말 무지막지한 플루토 왕과 보내야 하는 거야!"

"엄마, 그렇지만 플루토 왕에 대해 너무 나쁘게 얘기하지는 마세요."

엄마에게 입맞춤을 하며 프로셀피나는 말했습니다.

"그도 좋은 점을 가지고 있어요. 6개월을 엄마와 함께 보낼 수만 있다면 그 나머지를 그와 함께 지낼 수 있어요. 물론 그가 나를 데려간 것은 잘못한 것이지만, 그토록 우울한 곳에서 혼자 살아야 하는 것은 너무나 괴로운 삶이었대요. 나와 같은 소녀가 그의 계단을 오르내리는 것이 그의 영혼을 얼마나 아름답게 바꿨는지 모른대요. 그를 기쁘게 만드는 것은 그런대로 제 자신을 기쁘게 하는 것 같아요. 그러니까 엄마, 그가 나를 그나마 일년 내내 가두지 않은 것에 대해 우리 같이 감사해요!"

* 《어린이》 12권 (1934년 5월호)

작자 미상 〈거리를 맘대로〉

내가 어렸을 때의 첫 공부는 배고픔과 무서움을 이기는 것이었습니다.

배고픔은 나에게 스름스름 천천히 달려들고는 하였습니다. 배고픔은 내가 장난할 때에도 내 옆을 떠나지 않았고, 밤에 배가 고파서 잠을 들지 못하는 때도 많았습니다. 내가 먹을 것을 달라면 엄마는 차 한 잔을 주고는 하였습니다. 차를 마시면 잠깐 동안은 배고픔이 가라앉았다가 조금만 지나면 다시 내 가슴의 갈빗대를 찌르고 빈 창자를 아프도록 뒤틀어 놓았습니다.

어느 날 오후였습니다.

"엄마, 배가 고파"

하고 조르니까,

"그래? 그럼 일어나서 그 배고픔증을 잡아 보렴."

"엄마, 배고픔증이 무엇이에요?"

"그것은 작은 아이들이 배고플 때 잡아먹는 것이지."

"그것은 맛이 어떤데요?"

"맛은 나도 몰라."

"그럼, 왜 잡아먹으라고 그래?"

"네가 배고프다고 그러니까 말이지"

하고 웃습니다.

나는 그제서야 엄마가 나를 놀리는 줄 알고 성이 났습니다.

"글쎄, 먹을 것이 어디 있니?"

"왜?"

엄마는 다림질을 하다가 나를 보셨습니다. 눈에는 눈물이 어렸습니다.

"누가 먹을 것을 사 가지고 들어오고는 했니?"

"아빠. 아빠는 언제든지 먹을 것을 가지고 들어왔지."

"그래, 하지만 지금 네 아빠는 안 계시잖니."

"그렇지만 배가 고픈데"

하고 칭얼댔습니다.

"내가 일자리를 얻어 먹을 것을 사줄 때까지 기다리는 수밖에 없다."

우리 엄마는 마침내 식모가 되어서 낮에는 일을 하러 가고, 나하고 내 동생에게 빵 한 덩어리하고 차 한 주전자를 주어서 빈 방 안에다 하루 온종일 남겨두었습니다.

어떤 날 밤에 엄마는 이제부터 나더러 먹을 것을 사오는 심부름을 해야 된다고 하였습니다.

그 이튿날 오후에 나는 바구니를 끼고 행길로 나갔습니다. 내가 길 모퉁이를 지날 때, 놀고 있던 아이들이 달려들어서 나를 자빠뜨리고 바구니와 돈을 빼앗아 가지고 달아났습니다. 그날 저녁 때, 엄마가 돌아오자 그 이야기를 하니까 엄마는 아무 말도 하지 않고 앉아서 조그만 종이에 또 살 물건들의 이름을 적어 주고, 돈을 다시 주며 가서 사오라고 하셨습니다.

나는 집에서 몇 발자국 안 가서 그 아이들이 놀고 있는 것을 보고 달음박질로 뛰어들어왔습니다.

"왜 돌아오니?"

"아까 그 아이들이 나를 때릴 거야, 나를 때릴 거야."

"너는 그걸 이기고 갔다와야지 된다. 자, 어서 가거라."

나는 문 밖을 나가서 빨리 걸음을 걸었습니다.

내가 그들 앞에 다다랐을 때 한 아이가,

"아까 그 놈이다"

하고 외쳤습니다. 그 아이들은 내게로 달려들었습니다.

그 아이들은 나를 시멘트 길 위에 자빠뜨렸습니다. 나는 소리를 지르고, 애걸도 하고, 발길질도 하여 보았습니다. 그러나 그들은 내 손에서 돈을 빼앗았습니다.

그들은 나를 질질 끌고, 몇 번 때려 집으로 울고 돌아오게 하였습니다. 우리 엄마는 문에 섰다가 나를 보고,

"집에 들어오지 못한다. 오늘 밤에는 네가 맞대들어서 네 힘으로 싸울 수 있는 것을 가르칠 테다."

엄마는 집으로 들어갔습니다. 나는 엄마가 어떻게 할까 겁이 나서 떨고 서 있었습니다. 조금 있다가 엄마는 또 돈과 글 쓴 종이와 그리고 길고 굵은 작대기를 가지고 나왔습니다.

"이 돈과 이 종이와 이 작대기를 가지고 가게에 가서 식료품을 사오너라. 그 아이들이 너를 방해하거든 싸워라."

"그 아이들이 나를 때릴 텐데, 그 아이들이 나를 때릴 텐데……"

"그놈들을 당할 수 없으면 거리에서 살아라. 집에는 못 들어올 테니."

나는 엄마 옆을 뚫고 집으로 뛰어들어가려고 하였으나, 그때 엄

마는 내 턱을 때렸습니다. 나는 울고만 싶었습니다. 엄마는 문을 탁 닫았습니다. 나는 문을 잠가 버리는 소리를 들었습니다.

나는 행길을 천천히 걸어갔습니다. 꼭 쥔 그 작대기를 뒤에다 감추고, 그 아이들 앞으로 가까이 갔습니다.

나는 무서워서 숨도 쉬지 못하였습니다.

"저 놈이 또 저기 나왔구나!"

그들이 가까이 왔습니다. 나는 무서운 김에 그 작대기로 막 후려쳤습니다.

한 아이 또 한 아이, 머리를 작대기로 여지없이 후려갈겼습니다. 내 눈에는 눈물이 나고 이는 악물어지고 무서움은 내 힘을 솟을 대로 솟게 하였습니다.

나는 때리고 후려갈기느라고 돈과 종잇장을 땅에 떨어뜨렸습니다.

아이들은 아이구 소리를 지르고 머리를 붙들고서 나를 놀란 눈으로 흘끔흘끔 보면서 사면으로 흩어져버렸습니다. 나는 숨이 차 헐떡거리면서 서 있었습니다. 그 아이들을 보고 어서 와서 덤벼 보라고 욕을 하였습니다. 나는 달아나는 그 놈들을 쫓아갔습니다.

그 아이들의 부모들이 나와서 나를 혼내려고 하였습니다. 내 일생 처음으로 나는 어른들에게 소리를 질렀습니다.

나에게 성가시게 하면 그들마저 두들겨 줄 테다라고 야단을 하였습니다. 나는 마침내 사오라고 적어 준 종잇조각과 돈을 집어 가지고 식료품 가게로 갔습니다. 돌아오는 길에 나는 언제나 대항할 수 있게 작대기를 가지고 왔습니다. 그러나 길에는 한 아이도 보이지 않습니다.

그날 밤부터 나는 그 거리를 맘대로 걸어 다닐 수가 있게 되었습니다.

*《소학생》 6호 (1946. 3)

　《톰 소여의 모험》으로 유명한 미국 소설가 마크 트웨인(Mark Twain, 1835~1910)의 본명은 사무엘 L. 클레멘스다. 미주리 주에서 가난한 개척민의 아들로 태어난 트웨인은 4살 때 가족을 따라 미시시피 강가의 해니벌로 이사왔고 1857년에는 미시시피 강 수로 안내인이 되어 후일 작가 형성에 큰 영향을 주었다. 처음에는 사회 풍자가로 남북전쟁(1860~1865) 후 사회 상황을 풍자한 《도금시대》를 썼다. 그 후 신문기자로 일하면서 유럽에도 다녀왔고 소설 《미시시피 강의 생활》(1883)을 썼다. 그리고 그의 걸작인 《허클베리 핀의 모험》(1884)은 문명에 오염되지 않은 자연아의 정신과 변방인의 영혼을 노래한 미국적 서사시로 알려져 있다.

　여기에 번역되어 실린 이야기는 《톰 소여의 모험》(1876)의 2장에서 온 것이다.

마크 트웨인 〈하얗게 칠해진 담장〉

    토요일 아침이 왔습니다. 여름 세계는 어디나 밝고 새롭고 생명의 기운이 넘쳤습니다.
    누구의 가슴에나 노래가 샘솟고, 그 가슴이 젊으면 노래가 입 밖으로 흘러 나왔습니다. 얼굴마다 웃음이 있고 걸음걸이는 가벼웠습니다. 아카시아 나무에는 꽃이 피고 그 향기는 공기 속에 가득 찼습니다.
    마을 건너 저편에 솟아 있는 카다프 산은 푸르른 대로 푸르고, 멀리 떨어져 보이는 그 자태가 마치 꿈꾸는 듯, 조는 듯 그리고 이리로 오라는 듯이 사람의 마음을 끌며 옛날 책에나 나올 것 같은 낙원으로 보였습니다.
    톰이 하얀 횟가루 물을 담은 양동이와 손잡이가 긴 브러시(솔)를 가지고 길가에 나타났습니다.
    톰은 나무판 담장을 끝까지 한번 바라보았습니다.
    그때 톰의 모든 기쁨은 모조리 사라지고 가슴이 답답해졌습니다.
    높이가 9피트(1피트는 약 33cm)나 되는 널빤지 담장이, 30야드(1야드는 약 0.9미터)는 되었습니다.
    톰은 세상이 싫증이 나고 사는 것이 무거운 짐을 진 것 같았습니다. 한숨을 쉬면서 톰은 브러시를 석회물에 담뿍 담가 가지고, 담장 맨 꼭대기를 쭉 한 번 칠했습니다. 그리고 또 한 번…….

조금밖에 안 된 칠해진 부분과 칠하지 않은 대륙같이 넓은 담장을 비교해 보고는 그만 맥이 풀려서 나무통 위에 주저앉아 버렸습니다.

그때 짐이 양동이를 들고 '버파르 아저씨'라는 노래를 부르면서 문 앞으로 뛰어나왔습니다. 한길 펌프에서 물을 길어 온다는 것은 톰에게는 언제나 대단히 싫은 일이었습니다. 그러나 지금 생각으로는 그렇지도 않습니다. 한길 펌프에는 늘 동무들이 있었습니다.

거기에는 늘 백인 아이, 백인과 흑인의 혼혈 아이, 흑인 아이들이 저마다 물 기를 차례를 기다리고 있는 것이었습니다. 쉬기도 하고, 바꿈질도 하고, 장난도 치고, 다투기도 하고, 소리를 지르며 떠들기도 하였습니다. 펌프가 150야드밖에 안 떨어져 있지만 짐은 언제나 한 시간 안에는 물을 길어 오는 법이 없어서, 그것도 대개는 누군가 부르러 가야지 된다는 것을 톰은 생각하였습니다.

톰은 짐을 보고,

"얘, 너 이것 좀 칠해 주면 내 물 길어다 주지"

하였습니다.

짐은 싫다고 고개를 흔들면서,

"안 돼, 톰. 주인 아주머니가 길에서 누구하고 장난 말고 빨리 물 길어 가지고 오랬단다. 톰이 횟물 칠하는 것 도와 달라고 해도 도와주지 말고 내 할 일만 하라고 그러더라. 그리고 있다가 너 칠하는 거 보러 온다더라."

"뭐, 걱정마라. 늘 아주머니 하는 소리란다. 이리 줘. 내 일분도 안 걸릴 테니, 아주머니가 알게 뭐냐."

"싫다, 톰. 주인 아주머니한테 걸리면 혼나게?"

"아주머니가? 아주머니는 아무도 때리는 법이 없다. 골무 낀 손가락으로 머리 위를 툭툭 두드려 주지마는 그까짓 것 누가 겁내니. 아주머니는 말로는 무섭게 굴지만 말쯤이야 아프지도 아무렇지도 않으니깐. 아주머니가 울고 야단만 안 하면 괜찮다. 짐, 내 좋은 구슬 하나 줄게. 하얀, 큰 구슬이야."

짐은 마음이 흔들리기 시작하였습니다.

"자아-이 큰 구슬 좀 봐라, 짐아. 아주 굉장한 거다."

"아, 그것 참 좋다. 그래, 그래도 나는 주인 아주머니가 무서워 죽겠다."

"그리고 네가 좀 칠해 준다면 내 아픈 발가락을 구경시켜 주지."

그러나 짐도 사람이었습니다. 짐이 이 꼬임까지 막아내기에는 너무나 힘들었습니다.

그는 물통을 내려놓고 흰 구슬을 받았습니다. 그리고 톰이 제 발에 감은 붕대를 푸는 동안 호기심을 가지고 재미있게 들여다보고 있었습니다.

어느 틈에 포리 아주머니의 목소리가 저쪽에서 들려왔습니다. 짐은 물통을 잡아 쥐기가 바쁘게 꽁무니를 막 붙들고 도망을 쳤습니다.

톰은 아주 열심히 회칠을 하였습니다.

아주머니는 벗은 슬리퍼 한 짝을 손에 들고, 의기양양하게 집안으로 들어갔습니다.

그러나 톰의 성실함은 계속되지 못했습니다.

오늘 재미나게 놀려고 궁리했던 여러 가지 재미있는 장난을 다시 생각할 때 마음은 한층 우울해졌습니다.

얼마 안 있으면 아무 일도 안 해도 좋은 자유로운 아이들이 여러 가지 재미있는 장난을 하러 나올 것입니다. 그리고 그 애들은 톰이 일하고 있는 것을 보고 놀려 먹을 것입니다. 이런 생각을 하면, 톰은 가슴에 불이 붙는 것 같았습니다.

톰은 호주머니에서 자기 재산을 전부 꺼내 세어 보았습니다. 못 쓰는 동전, 구슬 같은 장난감이 몇 개, 그리고 이것저것 너절한 것들…… 아마 이것들을 주면 겨우 일을 바꾸어 할 수 있을는지는 모르지만, 그러나 완전한 자유란 겨우 반 시간 동안도 사기 힘들 만큼 그의 전 재산은 터무니없이 적었습니다.

그래서 그는 그의 가난한 재산을 호주머니 속에다 도로 넣고, 다른 아이들에게 대신 일을 시킬 생각을 버렸습니다.

이렇게 앞이 캄캄하고 어떻게 해야 좋은지 모를 순간에 갑자기 굉장한 생각이 머리에 떠올랐습니다.

참으로 훌륭한 묘안이었습니다. 톰은 마음을 가라앉혀 침착하게 일을 시작하였습니다.

얼마 안 있어 벤 로저스가 길가에 나타났습니다. 톰이 누구보다도 제일 놀림받기 싫어했던 것은 바로 이 벤이었습니다. 그는 깡충거리며 뛰어 나왔습니다.

…… 유쾌한 마음으로 무슨 좋은 일을 기다리는 것 같았습니다.

벤은 사과를 한 개 입에 물고 먹으며, 이따금 우웅 소리를 내면서 옵니다. 제 딴에는 기선이 된 모양입니다. 벤은 이쪽으로 가까이 올수록 차차 속력을 늦추고, 길 한가운데로 나갔습니다.

그러고는 오른편으로 몸을 푹 기울이고, 육중한 듯 야단스럽게 뱃머리를 돌렸습니다. 벤은 큰 미저리 호가 된 셈입니다. 배 밑바닥

깊이가 9피트나 된다고 생각하고 있습니다. 벤은 혼자서 기선과 선장과 그리고 또 기관실의 신호종까지 겸했습니다.

그래서 벤은 맨 위 갑판에 서서 선장이 하는 명령도 하고, 또 동시에 그 명령대로 배가 움직이는 노릇도 해야 되었습니다.

"스톱!……땡땡!"

배는 앞으로 나가는 힘이 부쩍 줄어들고 조금씩 길가로 가까이 다가왔습니다.

"뒤로 물려, 땡땡땡!"

벤은 두 팔을 쭉 뻗더니, 힘을 주어서 좌우 옆으로 내렸습니다.

"배 왼편 뒤로 물려."

"땡땡땡 칙―칙―칙―"

그러면서 벤의 오른손은 커다란 동그라미를 그리면서 돌았습니다. 동그라미는 직경 40피트나 되는 바퀴를 표시하는 것이었습니다.

왼편 손이 동그라미를 그리기 시작했습니다.

"배 오른편 스톱, 땡땡땡 칙―칙―칙―"

"배 왼편 스톱! 오른편 전진! 스톱! 오른편 천천히 돌아! 땡땡땡 칙-뱃머리 줄을 꺼내라. 힘차게, 자! 닻줄을 꺼내라. 무얼 꿈지럭거리고 있니? 저 말뚝에다 휙 닻줄 고리를 던져 걸어라. 줄을 놔버려라. 잔교(부두에서 선박에 걸쳐놓은 다리)를 조심해라. 기관, 스톱! 땡땡땡."

"쉿! 쉿! 쉿!"

험수기(물 시험 기계)를 검사하는 모양입니다.

이렇게 벤이 야단법석을 하는데도 톰은 못 들은 척하고 여전히 하얀 횟물칠하는 것을 계속하였습니다. 기선은 본 척도 안 했습니다.

벤은 잠깐 들여다보고 섰다가 하는 말이,

"허어, 너 녹았구나. 야!"

대답이 없습니다. 톰은 지금 막 칠한 것을 미술가가 제 그림을 들여다보는 듯한 눈으로 한참 동안 들여다보았습니다. 벤은 옆에 가까이 와서 나란히 섰습니다.

톰은 갑자기 돌아보면서,

"어, 너 벤이구나! 난 또 몰랐지."

"얘, 난 헤엄치러 가는 길이야. 너 가고 싶지 않니? 하지만 넌 일하는 것이 좋겠지, 그야 그렇지 물론 일하는 게 더 좋겠지!"

톰은 벤을 잠깐 쳐다보고는,

"너 이걸 일이라고 그러니?"

"너 지금 하고 있는 것이 일이 아니고 뭐냐?"

톰은 다시 하얀 횟물 칠을 하기 시작했습니다. 그리고 별로 대수롭지 않은 듯이 이렇게 대답했습니다.

"이것 말이냐? 그야 그럴지도 모르지만, 그렇지 않을지도 모르지. 어떻든 내 알기에는 이 일이 꼭 톰 소여에게 알맞는 것이란 말야."

"뭐야. 그래 넌 이 일을 좋아한단 말야?"

톰은 횟물 칠을 그대로 합니다.

"좋아하느냐고? 왜, 좋아해서 안 되니? 우리 같은 아이들에게 담장에 횟물 칠하는 일이 그렇게 매일 있는 줄 아니?"

벤이 그 말을 듣고 보니, 칠하는 것이 갑자기 다르게 보이기 시작했습니다.

벤은 사과 씹는 것을 그쳤습니다.

톰은 뽐내면서 브러시로 이리저리 척척 칠해 나갑니다. 뒤로 물러서서 그것을 쭉 한번 훑어보고는 여기저기 조금씩 브러시를 슬쩍 슬쩍 갖다 대었습니다. 그리고는 또다시 그 결과를 자세히 들여다보았습니다.

벤은 톰이 하는 것을 하나하나 유심히 바라볼수록 점점 재미가 들어서, 아주 그것에 정신이 팔려버렸습니다. 마침내 벤이 하는 말이,

"애, 톰아. 나 조금만 칠해 보자."

톰은 좀 생각해 봅니다. 거의 승낙을 할 뻔했습니다.

그러나 톰은 마음을 가다듬고,

"싫어, 안 돼. 그렇게 할 수 없어. 벤아, 우리 포리 아주머니가 이 한길에 있는 담장에 대해선 특별히 유난스럽단다. 저 뒷골목 담장이라면 나도 괜찮구, 아주머니도 아무 말도 안 할 테지만 정말 우리 아주머니는 이 담장에 대해서는 야단이야. 그러니까 아주 조심해서 해야지 돼. 이 담장을 제대로 칠할 수 있는 아이는 천에 하나나, 이천에 하나도 없을 거야."

"응, 그래? 하지만 나 좀 해보자. 아주 조금이라도 좋아. 내가 너 같으면 좀 해보라고 줄 텐데…… 애, 톰아."

"벤, 난 정말 너보고 칠해 보라고 하고 싶지만 포리 아주머니가 말이야, 짐이 하고 싶어해도 안 시켰어. 시드도 하겠다고 했는데 안 시켰어. 그만하면 나만이 이걸 할 수 있다는 걸 알겠지? 네가 멋모르고 덤벼들었다가 일이나 저지르려고!"

"야, 정말…… 내 조심해서 할게. 나 좀 해보자. 내 이 사과를 좀 줄 테니."

"그러면 자—아니, 아니야. 제발 그러지 말아, 벤아. 난 마음이 안 놓인다."

"이 사과 다 줄게."

톰은 마음으로는 얼씨구나 하면서도 마지못한 얼굴을 하면서 브러시를 벤에게 주었습니다. 이리하여 아까까지 미저리 호 선장이었던 벤이 뜨거운 태양 아래에서 땀을 흘리며 일을 하는 동안, 몸 편하게 된 미술가는 그 바로 옆에 나무 그늘 아래 있는 나무통 위에 올라 앉아, 다리를 흔들거리며 사과를 먹으면서 다른 순진한 아이들을 곯려먹을 궁리를 하고 있었습니다.

아이들이 차례차례 연달아 나왔습니다.

모두 톰을 놀려먹으러 왔다가 횟물 칠을 하는 것을 보고, 자기도 하고 싶어서 기다리고 있게 되었습니다.

벤이 지쳐버린 뒤에는, 톰은 잘 날도록 바로 잡아 놓은 연 한 개를 받고 빌리 피셔에게 다음번 칠해 보는 차례를 팔았습니다.

그 아이가 또 지쳐빠졌을 때는 조니 밀러가 죽은 생쥐와 그것을 묶어서 휘두르는 끈을 주고 다음번 횟물 칠할 차례를 샀습니다.

이렇게 몇 시간 동안을 지나 오후가 좀 지났을 때에는 아침까지 불쌍했던 가난뱅이 톰은 참으로 큰 부자가 되었습니다. 아까 말한 물건들 외에 구슬 열두 개, 입에 대고 소리내는 입풍금 쪽 하나, 눈에 대고 내다보는 파란 유리조각, 고무총 한 개, 아무것도 열 수 없는 낡은 열쇠 하나, 분필토막 하나, 술병 유리마개 하나, 생철 병정 하나, 올챙이 두 마리, 호드기 여섯 개, 외눈박이 고양이 새끼 한 마리, 주석으로 만든 방문 손잡이 하나, 개목걸이 하나, 칼자루 하나, 귤껍질 네 개, 떨어진 유리창 조각 하나, 이런 것들을 가지게 되었습니다.

톰은 그동안 담장에 손가락 하나 대지 않고 동무들과 같이 유쾌하게 시간을 보냈습니다.

그러는 중에 담장엔 횟칠이 세 겹이나 칠해졌습니다. 아마 횟가루 물이 더 남아 있었다면, 그 동네 사는 아이들은 모조리 톰에게 파산을 당했을 것입니다.

*《소확행》 66호(1949. 4)

미국 소설가 윌리엄 서로이언(William Saroyan, 1908~81)은 아르메니아 이민자 아들이었다. 그는 경제 대공황(1929) 이후 가난, 굶주림과 불안에도 불구하고 일상적 삶의 기쁨을 그린 이야기들을 쓰기 시작했다. 그의 첫 단편소설집은 《날으는 트라페즈 강 위에 용감한 젊은이》(1934)이다. 그는 1939년에 첫 희곡인 《내 심장은 고지대에 있다》를 발표하고 무대 공연에 올렸다. 서로이언은 극 《네 인생의 시간》으로 1940년 미국의 권위 있는 문학상인 퓰리처상 수상자로 지명되었으나 수상을 거부했다.

그는 이름 없고 순진한 사람들의 선함과 삶의 가치에 관심을 집중했다. 그는 소설에 등장하는 인물들을 모두 생생하게 묘사하는 탁월한 능력을 가졌다. 그의 대부분의 이야기들은 어린 시절과 가정 생활에 토대를 두었다. 그의 소설 《인간 희극》(1943), 《웃음 거리》(1953)는 자서전적인 요소가 강하다.

여기에 번역된 단편소설은 서로이언의 단편집 《내 이름은 아람》(1940)에 실려있다.

윌리엄 서로이언 〈아름다운 흰말의 여름〉

그때 나는 아홉 살이었는데 세상에는 아름다운 것이 많고, 사는 것이 이상스러운 꿈과 같았습니다.

어떤 날, 나의 사촌 모래드가 새벽 네 시에 우리 집에 와서 내 방 유리창을 똑똑 두드려 나를 깨웠습니다.

모래드를 (나는 그렇지 않지만) 다른 사람들은 다들 미쳤다고 하였습니다.

"아람" 하고 그는 나를 불렀습니다.

나는 침대에서 뛰어나와 창 밖을 내다보았습니다. 나는 내 눈으로 보는 것을 믿을 수가 없었습니다.

아직 아침이 되기 전이었습니다. 그러나 여름이었고, 얼마 안 있으면 먼동이 틀 순간이어서 내가 꿈을 꾸고 있지 않다는 것을 알 수 있을 만큼 밝았습니다.

나의 사촌 모래드는 아름다운 하이얀 말 위에 앉아 있었습니다. 나는 창 밖에다 머리를 내밀고 눈을 비볐습니다.

"정말 산 말이다. 꿈이 아니야. 너 타고 싶거든 옷 입고 얼른 나와."

모래드는 우리 아르메니아 말로 이렇게 말하였습니다. 나는 사촌 모래드가 이 세상 사람 중에서 누구보다도 재미나게 사는 줄을 잘 알지마는, 말을 타고 온 것을 믿을 수가 없었습니다. 왜 그런가 하면, 내가 어려서 기억한 것 중에 제일 첫 번에 기억한 것이 말이요, 그리고 제일 첫 번째 소원이 말을 타 보는 것이었습니다. 그런데 그가 말을 타고 온 것은 너무나 훌륭한 사실이었습니다. 믿기 어려운 둘째 이유는 우리 친척들은 가난하였습니다. 이것이 내가 본 것을 믿지 못하게 하는 이유였습니다.

우리들은 가난했기 때문입니다. 돈이 없었습니다.

우리 친척들은 모두 가난뱅이였습니다. 가로 그란니안 일가 친척들은 모조리 이 세상에서 가장 놀랄 만한 그리고 웃음이 날 만한 가난 속에서 살고 있었습니다. 우리들의 배를 음식으로 채울 만한 돈을 어디서 버는지 아무도 아는 사람이 없었습니다. 우리 집안 노인들도 몰랐습니다. 그러나 무엇보다도 우리는 정직하기로 유명하였습니다. 우리는 11세기 동안 정직한 것으로 유명하였습니다. 이 세상이 우리 세상이라고 여기던, 우리가 제일 부자였던 때에도 그랬습니다.

우리는 첫째 거만하고, 그 다음에는 정직하고, 그 다음에는 옳고 그른 것을 가렸습니다. 도둑질은 말할 것도 없고, 남을 해롭게 하는 사람은 우리 친척 중에는 한 사람도 없었습니다.

그러므로 그렇게 훌륭한 말을 눈 앞에서 보지마는, 그리고 말 냄새를 맡고 씩씩한 숨소리를 듣지만, 나는 그 말이 우리 사촌 모래드나 나 또는 우리 친척 누구와도 관계가 있다고 생각할 수 없었습니다.

왜 그런가 하면, 모래드가 그 말을 살 수 없다는 것을 나는 잘 알기 때문입니다. 그가 살 수 없다면 그것을 훔쳤을 것입니다.

그러나 나는 훔쳤다고 믿어지지 않았습니다.

가로 그란니안 일가 사람들은 도둑놈이 될 수는 없었습니다. 나는 내 사촌을 쳐다보고 또 그 말을 쳐다보았습니다. 그들 얼굴에는 똑같이 엄숙한 빛과 우스운 데가 있어서 한편으로 나를 기쁘게 하고, 한편으로 나를 놀라게 하였습니다.

"모래드야, 너 이 말 어디서 훔쳐 왔니?"

"얼른 뛰어나와. 타 보고 싶거든."

그는 이렇게만 말했습니다.

그렇다면 확실히 훔친 것입니다. 그것이 틀림없었습니다. 그는 내가 타든지 안 타든지 마음대로 하라고 데리러 왔던 것입니다.

그런데 내 생각에 말을 타려고 훔치는 것은 가령 돈 같은 것을 훔치는 것과 다른 것 같았습니다.

아마 그것은 훔치는 것이 아닐지도 모를 것입니다. 모래드나 나 같이 말에 미치면 도둑질이 아닙니다. 그 말을 팔려고 하지 않으면 도둑질이 안 됩니다. 그리고 우리는 그럴 리는 절대로 없을 것입니다.

"옷 좀 입게 기다려라!"

"그래 얼른, 빨리 입어라."

나는 부리나케 옷을 입었습니다.

창문을 넘어 마당에 뛰어내려가 모래드가 탄 말 궁둥이에 붙어 탔습니다.

그해 우리는 읍내 끝에 있는 월넛 애비뉴에서 살았습니다. 포도원, 과수원, 봇도랑 그리고 시골길이 있었습니다.

3분도 되기 전에 우리들은 올리브 애비뉴에 다다랐습니다. 그리고 그때부터는 말이 뛰기 시작하였습니다.

어떤 집안에도 미친 증세가 있는 자손이 있습니다.

우리 사촌 모래드는 우리 일가 가운데 있는 이런 미친 증세가 있는 사람의 표본입니다. 그리고 모래드보다 나이가 많은 사람으로는 우리 코스로브 아저씨가 그런 분입니다. 까만 머리털이 난 머리는 크고 몸집도 엄청나게 컸습니다. 성미가 어찌나 사납고 괴팍하고 조급하던지 남이 하는 말을 소리를 질러 멈추게 하였습니다.

"그건 해롭지 않아. 걱정 말아!"

누가 무슨 말을 하고 있다가도 그만 찔끔하고 그만두었습니다. 한번은 그가 이발소에서 수염을 다듬고 있으려니까, 그의 아들 아락이 숨차게 뛰어나와서 그의 집에 불이 났다고 하였습니다. 코스로브 아저씨는 일어나 앉으며,

"그것은 해롭지 않다. 걱정 말아"

하고 소리를 질렀습니다. 이발소 사람은,

"영감님, 댁에 불이 났다는대요"

하였습니다. 그랬더니 코스로브 아저씨는 소리를 질렀습니다.

"글쎄, 해롭지 않다니까!"

모래드의 아버지는 속이 단단하고 야무진 소라브라는 분이었지만 우리 사촌 모래드의 천성이 코스로브 아저씨의 아들이라고 인증을 받았습니다.

이런 일이 우리 일가 속에서는 보통이었습니다. 자기의 친아들의 성질이 자기와는 딴판이었습니다.

우리 일가는 옛날부터 성질을 타고나는 것이 한결같지 않고, 일정하지 않았습니다.

우리는 함께 말을 타고 달렸습니다. 모래드는 말 위에서 노래를 불렀습니다. 우리는 말이 마음대로 오래오래 뛰게 하였습니다.

이번에는 모래드가,

"내려라. 나 혼자 타고 싶다"

하였습니다.

"나도 혼자 타보게 해줄래?"

나는 물었습니다.

"네가? 아니, 그것은 말이 하기에 달렸지. 어서 내려."

"말은 나를 타게 해줄 거야."

나는 이렇게 말했습니다.

"이따 보자. 나는 말을 다루는 방법을 안다."

"그럼 네가 다루는 방법이 있으면 나도 있지."

"부디 네가 다치지 않게 되길 바란다."

"자아, 그래. 그렇지만 이따가 나 혼자 타 보게 해야 된다."

내가 말에서 내리니까 모래드는 발뒤꿈치로 말 옆구리를 찌르면서 빨리 뛰라고 소리쳤습니다. 말은 뒷발로 일어서서 콧소리를 치고 뛰어 달아났습니다. 이것은 내가 여태까지 본 중에서 제일 아름다운 광경이었습니다. 마른 풀이 난 들판을 지나서 말을 탄 채로 봇도랑을 건넜습니다. 그리고 한 5분 뒤에 물에 흠뻑 젖어서 돌아왔습니다.

해가 솟아오르고 있었습니다.

나는 "이번은 내가 탈 차례다"라고 하였습니다.

모래드는 말에서 내렸습니다.

"타라!"

나는 말 잔등이에 올라탔습니다. 그리고 잠시 동안 몹시도 겁이 났습니다. 말은 조금도 움직이지 않았습니다.

"말 옆구리를 찔러라. 무얼 기다리고 있니? 사람들이 일어나 돌아다니기 전에 말을 갖다 두어야 된다."

나는 말 옆구리를 찔렀습니다.

말은 한 번 더 뒷발로 서서 콧소리를 쳤습니다.

그러고는 뛰어 달아났습니다. 나는 어쩔 줄을 몰랐습니다. 이번에는 말이 들판을 지나 봇도랑으로 달아나는 대신에 디란 하라비안 집 포도원 길로 뛰어 내려가서 포도 덩굴을 뛰어넘기 시작하였습니다.

말이 일곱 번째 덩굴을 넘어갈 때 나는 말에서 떨어졌습니다. 그리고 말은 그냥 뛰어 달아났습니다.

우리 사촌 모래드는 달음질로 뛰어 내려옵니다.

"얘! 너 괜찮니?"

하고 모래드가 외쳤습니다.

"저 말을 붙들어야 된다. 너는 저쪽 길로 가라. 나는 이 길로 갈 테니. 말이 있거든 친절하게 해라. 내가 가까이 갈 테니."

나는 그 길로 내려가고 모래드는 들을 지나 봇도랑을 향하여 갔습니다. 30분이나 걸려서 모래드는 겨우 말을 찾아 데리고 왔습니다.

"됐다, 어서 올라타라. 지금은 세상 사람들이 다 일어났겠다."

"어떻게 할 거야?"

나는 물었습니다.

"글쎄, 도로 갖다 두든지 내일 아침까지 감추어 두든지 그래야지."

모래드 말소리에는 근심스러운 데가 없었습니다. 말을 감추어 두고 도로 갖다 두지 않을 것입니다.

적어도 얼마 동안······.

"말을 어디다 감출 거야?"

하고 물었습니다.

"감출 데가 있다."

"너, 이 말을 언제부터 훔쳤니?"

모래드가 얼마 동안 매일 새벽이면 말을 혼자 타다가, 내가 몹시 말 타기를 좋아하는 줄 알기 때문에 나에게 찾아온 것을 갑자기 깨달았습니다.

"말 훔친 것에 대해 누가 언제 무어라고 그랬니?"

"어떻든 언제부터 매일 아침에 타기 시작했니?"

"오늘 아침이 처음이다."

"정말이야?"

"정말은 아니다. 그렇지만 우리가 들키거든 그렇게 말해야 된다. 우리 둘이 다 거짓말쟁이가 될 것은 없다. 그러니까 네가 아는 대로는 우리가 오늘부터 말 타기를 시작하지 않았니?"

모래드는 지금은 아무도 사용하지 않고 내버려둔, 한 포도원 안에 있는 외양간으로 말을 가만가만 끌고 갔습니다.

이 포도원은 예전에는 농부 펠바리안이 자랑할 만큼 잘 가꾸어졌습니다. 외양간에는 지금도 보리와 마른 말 먹이 풀이 남아 있었습니다.

우리는 집으로 걸어가기 시작하였습니다.

"그렇게 길들여 놓기는 그리 쉬운 일은 아니다."

모래드는 뽐냈습니다.

"아아! 나는 그렇게 말과 서로 마음을 줄 수 있게 되면 좋겠다."

"너는 아직 어린아이야. 너도 열세 살이 되면 어떻게 하면 되는지 알게 될 거야."

나는 집으로 가서 아침밥을 맛있게 먹었습니다.

그날 오후에 코스로브 아저씨가 커피를 마시고 담배를 피우러 오셨습니다. 그는 사랑방에 앉아서 차를 조금씩 마시고, 담배를 피우고, 옛 고향 생각을 하셨습니다.

그때 손님이 또 한 분 오셨습니다. 이 양반은 아시리아 사람인데 너무 고독해서 아르메니아 말을 배웠다는 농부 존 비로였습니다. 우리 어머니께서는 이 고독한 손님에게 커피와 담배를 가져다 내놓았습니다.

그분은 담배를 말고, 차를 조금씩 마시고 담배를 피웠습니다. 그러더니 나중에는 슬프게 한숨을 쉬면서,

"저번에 도둑맞은 내 흰말을 아직도 찾지 못했어요. 나는 어떻게 된 일인지 모르겠어요" 하였습니다.

우리 코스로브 아저씨는 화가 대단히 나서서 소리를 지르셨습니다.

"그건 해롭지 않아. 그까짓 말 한 마리 잃어버린 것이 뭐야. 우리는 모두 나라를 잃어버리지 않았나? 말 한 마리 때문에 무얼 그러나?"

"당신처럼 도시에서 사는 사람에게는 괜찮지요. 그렇지만 내 마차는 어떻게 됩니까? 말 없는 마차가 무슨 소용이 있습니까?"

"그까짓 것 걱정 말아."

하고 코스로브 아저씨는 큰소리로 야단했습니다.

"여기 오느라고 오늘도 10마일을 걸었는데요."

"자네 두 다리가 있지 않나?"

"내 왼편 다리는 아프답니다."

"그건 걱정 말아."

코스로브 아저씨는 큰소리로 야단했습니다.

"60달러나 주고 산 말이에요."

그 농부는 중얼거렸습니다.

"그까짓 더러운 돈!"

아저씨는 벌떡 일어나서서 문을 벌컥 열고 집 밖으로 나가셨습니

다. 우리 어머니는 존 비로 씨에게 노여워하지 말라고 변명을 하였습니다.

"그이는 마음이 착한 분입니다. 그분이 고향 생각이 몹시 나서 우울하고, 그리고 몸이 큰 양반이어서 좀 괄괄합니다."

그 농부가 간 뒤에 나는 우리 사촌 모래드 집으로 뛰어갔습니다.

모래드는 배나무 밑에 앉아서 작은 새 새끼의 다친 날개를 치료해 주고 있었습니다. 새에게 무슨 이야기를 하면서…….

"왜 왔니?"

"존 비로 아저씨가……"

나는 급하게 말했습니다.

"저, 그 사람이 우리 집에 왔더라. 그런데 그 사람은 잃어버린 말을 찾고 싶어하더라. 너는 벌써 한 달 동안이나 그 말을 숨겨 두었더구나? 그렇지만 내가 타는 법을 다 배울 때까지 그 말을 돌려보내지 않을 거라 나에게 약속했지?"

"네가 말 타는 법을 배우려면 1년은 걸릴 거야."

모래드는 이렇게 말하였습니다.

"1년 동안 두면 되지, 뭐."

내 말에 모래드는 펄쩍 뛰며 일어났습니다.

"뭐?" 하고 큰소리로,

"너는 그래, 가로 그란니안 일가 사람을 도둑놈으로 만들 작정이냐? 말은 제 주인한테 돌려보내야 된다."

"언제?"

"늦어도 여섯 달 뒤에는."

모래드는 새 새끼를 공중에다 날렸습니다.

새는 두 번이나 땅에 떨어지며 애를 쓰다가 마침내 하늘 높이 날아가버렸습니다.

2주일 동안 매일같이 우리 사촌 모래드와 나는 아침에 그 외딴 포도원 외양간에서 말을 끌어내다가 타고는 하였습니다. 그런데 매일 아침 언제나 나 혼자 탈 차례에는 그 말이 포도 덩굴과 작은 나무들을 뛰어넘고, 그리고 나를 내동댕이치고 저 혼자 달아나버렸습니다. 그렇지만 나는 언제든지 모래드처럼 말을 잘 탈 때가 오기를 바랐습니다.

어느 날 아침에 우리가 탄 말은 그 포도원 가는 길에서 농부 존 비로와 마주쳤습니다.

모래드는 나보고 하는 말이,

"내가 이야기할 테니 너는 가만히 있어. 나는 농부 다루는 법이 있다."

"안녕하십니까? 존 비로 아저씨"

하고 모래드는 그 농부에게 인사를 하였습니다.

그 농부는 말을 자세히 들여다보았습니다.

"너희들이로구나. 잘들 있었니? 그런데 너희 말 이름이 무엇이냐?"

"마이 하트(나의 사랑)랍니다"

하고 모래드는 아르메니아 말로 대답했습니다.

"아름다운 말에 맞는 아름다운 이름이로구나. 몇 주일 전에 내가 도둑맞은 바로 그 말과 같구나. 입안을 좀 들여다봐도 좋으냐?"

"그러믄요."

모래드는 서슴지 않고 말했습니다. 그 농부는 말의 입 안을 들여다보았습니다.

"이빨 하나 틀리지 않아. 내가 너희 부모를 모른다면 이것이 바로 내 말이라고 맹세라도 하겠다. 너희 집안이 정직하기로 유명한 것을 나는 잘 알고 있지. 그렇지만 이 말은 내 말하고 꼭 쌍둥이로구나. 내가 남을 의심하는 사람이라면 눈으로 보는 것만을 믿을 것이다. 자아, 또 보자."

그 이튿날 아침 일찍이 우리는 말을 존 비로 씨 농장으로 데리고 가서 외양간에 집어넣었습니다.

그 집 개들은 우리를 보고 짖지도 않고 따라만 다녔습니다.

"개들이 우리를 보고 짖을 줄 알았어."

나는 모래드 귀에 대고 속삭였습니다.

"다른 사람이라면 짖을 거야. 나는 개 다루는 법이 있단다."

모래드는 이렇게 말했습니다.

우리 사촌 모래드는 말을 힘껏 껴안고, 제 코를 말 코에다 대고 문질렀습니다. 그리고 투덕투덕 쓰다듬어 주었습니다.

그날 오후에 존 비로 씨는 마차를 타고 우리 집에 와서 도둑맞았다가 다시 돌아온 말을 우리 어머니에게 보여 주었습니다.

"어찌된 일인지 모르겠습니다. 말이 전보다 더 튼튼해지고, 성질도 더 좋아졌습니다. 하느님 덕택입니다."

존 비로 씨는 좋아서 이야기하였습니다.

그때 사랑방에 계시던 우리 아저씨는,

"떠들지 말게, 떠들지 말아. 자네 말이 돌아왔다지. 그거 걱정하지 말아"

하고 소리를 지르셨습니다.

* 〈소학생〉 68호(1949. 6)

《조선일보》(1956. 11. 30~12. 5)

　너새니얼 호손(Nathaniel Hawthorne, 1804~64)은 19세기 미국의 대표적 소설가로 매사추세츠 주 세일럼에서 선장의 아들로 태어났다. 호손의 가정은 독실한 청교도 신자들로 호손의 작품에 깊은 영향을 끼쳤다. 대학졸업 후 호손은 1828 첫 소설 《판쇼》를 발표했고 1837년 단편소설집 《진부한 이야기들》을 출간했다. 1850년에 그의 대표작 《주홍글자》를 발표했다. 이 소설은 당시 영국의 식민지이자 청교도의 본거지 보스턴에서 일어난 간통사건을 토대로 청교도적 엄격함을 그린 소설이다. 청교도주의를 비판하면서도 그 전통을 계승한 호손은 범죄나 도덕적, 종교적 죄악에 빠진 사람들의 내면생활을 도덕과 종교, 심리의 세 측면에 비추어 묘사했다. 이밖에도 그의 소설로 《일곱 박공의 집》과 《블라이스 데일 로맨스》 등이 있다.
　여기에 번역된 단편소설은 호손의 단편소설집 《소년 소녀들을 위한 탱글우드 이야기》(1853)에 실렸다.

너새니얼 호손 〈큰 바위 얼굴〉

어느 날 오후 해질 무렵, 어머니와 어린 아들은 자기네 오막살이 집 문 앞에 앉아서 큰 바위 얼굴에 대한 이야기를 하고 있었다.

그 큰 바위 얼굴은 여러 마일이나 떨어져 있었지만, 눈만 뜨면 햇빛에 비쳐서 그 모양이 뚜렷하게 보였다.

대체 그 큰 바위 얼굴은 무엇일까?

높은 산들에 둘러싸인 분지가 하나 있었다.

그곳은 넓은 골짜기로서, 많은 사람이 살고 있었다.

그곳에 사는 순박한 사람들 중에는 가파른 산허리의 빽빽한 수풀에 둘러싸인 곳에 통나무집을 짓고 사는 사람도 있고, 또 골짜기로 내리뻗은 비탈이나 평탄한 지면의 기름진 흙에 농사를 지으며 안락하게 사는 사람들도 있으며, 또 한 곳에서는 사람들이 조밀하게 모여 마을을 이루며 살기도 했다.

거기에서는 높은 산악지대로부터 내리지르는 격류를 이용하여 방직공장의 기계를 돌리고 있었다.

아무튼 이 골짜기에는 주민의 수도 많았고, 살림살이 모양도 가지가지였으나, 그들에게 한 가지 공통된 점은 모두가 그 큰 바위 얼굴에 대한 일종의 친밀감을 가지고 있다는 것이었다.

그중에는 그 위대한 자연현상에 대하여 유달리 감격하는 사람들도 없지 않았다.

　그렇게 모든 사람이 우러러보는 큰 바위 얼굴은 자연이 장엄한 유희적 기분으로 만든 작품으로, 깎아지른 듯한 절벽 위에 몇 개의 바위로 되어 있었다. 그리고 그 바위들이 잘 어울리게 모여, 적당한 거리에서 바라다보면 확실히 사람의 얼굴과 같았다.

　마치 굉장한 거인이나 타이탄이 절벽 위에 자기 자신의 얼굴을 조각한 것같이 보이는 것이었다.

　넓은 아치형의 이마는 높이가 30여 미터나 되고, 갸름한 콧날에 넓은 입술, 만약에 우람한 그 입술이 말을 한다면 천둥소리가 골짜기의 이 끝에서 저 끝에까지 울릴 것만 같았다. 아주 가까이 대하면 그 거대한 얼굴의 윤곽은 없어지고, 무겁고 큰 바위들이 폐허에 있는 것처럼 질서 없이 포개져 놓인 것으로만 보일 것이다.

　그러나 차차 뒤로 물러서서 보면 그 신기한 형상이 점점 알아볼 수 있게 드러나고, 멀어질수록 더욱더 사람의 얼굴과 같아져서 그 본래의 거룩한 모습을 볼 수 있게 된다. 그리고 희미해질 만큼 멀어지면, 큰 바위 얼굴은 구름과 안개에 싸여 정말 살아 있는 것같이 보이는 것이었다.

　이곳 아이들이 그 큰 바위 얼굴을 쳐다보며 자라난다는 것은 큰 행운이었다. 왜냐하면 그 얼굴은 생김생김이 숭고하고 웅장하면서도 다정스러워 마치 그 애정 속에 온 인류를 포용하고도 남을 것만 같기 때문이었다.

　그저 그것을 보는 것만으로도 큰 교육이 되었다.

　여러 사람이 믿는 바에 의하면 이 골짜기의 토지가 기름진 것은 구름을 찬란하게 꾸미고, 정다움이 햇빛 속에 펼쳐지면서, 언제나 이 골짜기를 내려다보고 있는 이 자비스러운 얼굴 덕분이라는 것이었다.

우리가 아까 이야기를 시작한 것과 같이 어머니와 어린 소년은 오막살이집 문 앞에 앉아서 큰 바위 얼굴을 쳐다보며, 그것에 대하여 이야기를 하고 있었다.

그 아이의 이름은 어니스트였다.

"어머니!"

하고 아이는 말하였다.

그때, 그 타이탄과 같은 얼굴은 그에게 미소를 보내는 것만 같았다.

"저 큰 바위 얼굴이 말을 할 수 있었으면 좋겠어요. 저렇게 친절해 보이니까, 목소리도 매우 듣기 좋겠지요? 만약에 내가 저런 얼굴을 가진 사람을 만난다면 나는 정말 그를 끔찍이 좋아할 거예요."

"만약에 옛날 사람들의 예언이 실현된다면, 우리는 언제고 저것과 똑같은 얼굴을 가진 사람을 볼 수 있을 것이다."

"어떤 예언 말씀이에요, 어머니? 어서 이야기 좀 해주세요."

어니스트는 열심히 물었다. 그리하여 어머니는 자기가 어니스트보다 더 어렸을 때 자기 어머니로부터 들은 이야기를 그에게 하기 시작했다.

그것은 지나간 일에 대한 것이 아니고, 장차 일어날 일에 대한 이야기였다. 그러나 그것은 매우 오래 전부터 전해 내려오는 이야기로서, 옛날에 이 골짜기에 살고 있던 아메리칸 인디언들도 역시 그들의 조상들로부터 그 이야기를 들어왔다고 한다.

그 조상들이 전해준 바에 의하면, 그 이야기는 최초에 산골짜기를 흐르는 시냇물이 종잘거리고, 나무 끝을 스치는 바람이 속삭여 주었다는 것이다.

그 이야기의 요지는 장차 언제고 이 근처에 한 아이가 태어날 것인데, 그 아이는 고아한 인물이 될 운명을 타고날 것이며, 그 아이는 어른이 되어 감에 따라 얼굴이 점점 큰 바위 얼굴을 닮아 간다는 것이다.

아직도 많은 구식 늙은이들과 어린이들이 열렬한 희망과 변하지 않는 신념으로 이 오래된 예언을 믿고 있다. 그러나 제아무리 기다려도 그 얼굴을 가진 사람을 아직 만나지 못한 여러 사람들은 이 예언을 그저 허황된 이야기라고 단정했다.

아무튼 예언이 말하는 위대한 인물은 아직 나타나지 않았다.

"어머니! 어머니!"

어니스트는 손뼉을 치며 외쳤다.

"내가 커서 그런 사람을 만나 보았으면……."

그의 어머니는 애정이 많고 생각이 깊어서, 자기 아들의 큰 희망을 깨뜨리지 않는 것이 현명한 일이라고 생각했다. 그래서 그는 아들에게,

"너는 아마 그런 사람을 만날 것이다"

라고만 말하였다.

그 뒤 어니스트는 어머니께서 해주신 이야기를 언제나 잊어버리지 않았다. 큰 바위 얼굴을 쳐다볼 때마다 그의 마음속에는 어머니에게서 들은 이야기가 떠오르는 것이었다.

그는 그가 출생한 그 오막살이집에서 어린 시절을 지내는 동안 늘 어머니 말씀에 순종하였고, 어머니께서 하시는 모든 일을 그의 조

그마한 손으로 그리고 사랑하는 마음으로 도와드렸다.

　이리하여 한 행복스러운, 그러나 가끔 명상을 하는 이 어린아이는 점점 온순하고 겸손한 소년이 되어 갔다. 밭에서 일을 하기 때문에 햇볕에 검게 그을렸지만, 그의 얼굴에는 유명한 학교에서 교육을 받는 소년들보다 더 총명한 빛이 떠올랐다. 어니스트에게는 선생님이 계시지 않았다. 다만 하나의 스승이 있다면, 그것은 바로 저 큰 바위 얼굴이었다.

　어니스트는 하루의 일이 끝나면 몇 시간이고 그 바위를 쳐다보는 것이었다. 그러면 그 큰 얼굴이 자기를 알아보고, 자기를 격려하는 친절한 미소를 보내 준다고 생각하는 것이었다.

　물론 그 큰 바위 얼굴이 어니스트에게만 더 친절하게 비칠 리는 없지만, 그렇다고 어린 어니스트의 생각을 덮어놓고 틀렸다고만 할 수는 없었다.

　사실 믿음이 깊고 순수하고 맑은 그의 마음은 다른 사람들이 보지 못하는 것을 볼 수 있었으며, 모든 사람이 다 누릴 수 있는 사랑이라도 자기만이 받고 있는 줄로 생각했던 것이다.

　바로 이 무렵에 이 분지 일대에는 마침내, 옛날부터 전해오던 큰 바위 얼굴같이 생긴 위인이 나타났다는 소문이 돌았다. 여러 해 전에 한 젊은 사람이 이 골짜기를 떠나, 먼 항구로 가서 돈을 좀 벌어 가게를 내었다. 그의 이름은 ―그의 본명이 그런지, 그의 처세 때문인지, 혹은 그가 성공한 데서 온 별명인지는 모르나― 개더골드라고 했다.

　빈틈없고 민활한 데다가 하늘이 주신 비상한 재능, 즉 세상 사람들이 '재수'라고 부르는 행운을 타고난 그는 대단한 거상이 되었던 것이다.

그는 재산을 계산하는 데만도 오랜 시일이 걸릴 만큼 큰 부자가 되었을 때에, 그의 고향을 생각하게 되었다. 그리고 자기가 출생한 고향에 돌아가서 여행을 마치겠다고 결심했다.

그렇게 생각하자, 그는 자기 같은 백만장자가 살기에 적합한 대궐 같은 집을 짓게 하려고 한 능숙한 목수를 고향으로 보냈다.

먼저 말한 바와 같이, 벌써 이 골짜기에는 개더골드야말로 지금까지 오래 기다렸던 예언의 인물이요, 그의 얼굴은 틀림없이 큰 바위 얼굴 그대로라는 소문이 돌았다. 지금까지 그의 아버지가 살고 있던 초라한 농가 집터에 마치 요술의 힘으로 꾸며 놓은 듯한 굉장한 건물이 선 것을 본 사람들은, 그 소문이 거짓 없는 사실일 거라고 점점 더 믿게 되었다.

어니스트는 예언의 인물이 드디어 그가 태어난 고향에 나타났다는 생각으로 마음이 몹시 설레었다.

그는 어린 마음으로 막대한 재산을 가진 개더골드는 자선의 천사가 되어, 큰 바위 얼굴의 미소와 같이 너그럽고 자비스럽게 모든 사람들의 생활을 돌보아 줄 것이라고 생각했다.

그는 늘 하듯이 큰 바위 얼굴이 자기에게 답례를 하며, 친절하게 자기를 보아 주리라고 상상하면서 그것을 쳐다보고 있었다.

그때, 꾸불꾸불한 길을 따라서 빨리 달려오는 마차 바퀴 소리가 들렸다.

"야! 오신다."

도착하는 광경을 보려고 모인 사람들이 외쳤다.

"위대한 개더골드 씨가 오셨다."

네 마리의 말이 끄는 마차가 길모퉁이를 속력을 내어 달렸다.

마차 속에서 창 밖으로 조금 내민 것은 조그마한 늙은이의 얼굴이었다.

그의 피부는 마치 자기 자신의 마이다스*의 손으로 빚어 만든 것 같은 누른 빛이었다.

이마는 좁고, 작고 매서운 눈가에는 수많은 잔주름이 잡혔으며, 얇은 입술을 꼭 다물려 더욱이 얇게 보였다.

"큰 바위 얼굴과 똑같다!"

사람들은 소리를 질렀다.

"옛날 사람의 예언은 참말이다. 마침내 위인은 우리에게 오셨다!"

사람들이 그를 보고 옛날 사람의 예언의 얼굴과 똑같다고 믿는 데에 어니스트는 정말 어리둥절하였다.

길가에는 때마침 먼 지역으로부터 방랑해 온 늙은 거지 하나와 어린 거지들이 있었다.

이 불쌍한 거지는 마차가 지나갈 때에 손을 내밀고 슬픈 목소리로 애걸을 하였다. 누런 손이- 이것이야 말로 재물을 긁어모은 바로 그 손이었다- 마차 밖으로 나오더니, 동전 몇 닢을 땅 위에다 떨어뜨렸다.

그것을 볼 때 이 위인을 개더골드라고 부르게 된 것도 그럴듯하나, 스캐터카퍼**라 불러도 그 별명은 똑같이 들어맞을 것 같았다. 그럼에도 불구하고 사람들은 예전과 다름없는 굳은 신념을 가지고, 큰

---

* 마이다스(Midas) : 미더스의 영어명. 그리스 신화에 나오는 인물; 손에 닿치는 것은 무엇이든 황금으로 바꾸는 힘을 가졌다 함.

** 스캐터카퍼(Scatter Copper) : 동전을 뿌리는 사람이라는 뜻으로 게더골드(Gathergold), 즉 황금을 주워 모으는 사람에 견주어 비꼬아서 한 말.

바위 얼굴과 똑같다고 소리쳤다.

그러나 어니스트는 낙심하면서, 주름살이 많이 잡히고 영악하고 탐욕이 가득 찬 그 얼굴에서 고개를 돌렸다.

그리고 산허리를 쳐다보았다. 거기에는 맑고 빛나는 얼굴 모습이, 모여드는 안개에 싸여 막 지려는 햇빛을 받고 있었다. 그 형상은 그의 마음을 한없이 즐겁게 하였다. 그 후덕한 입술은 무슨 말을 하는 것만 같았다.

"그 사람은 온다. 걱정하지 말아라. 그 사람은 꼭 온다!"

세월은 흘러갔다. 어니스트도 이제는 소년이 아니다. 그는 젊은이가 되었다. 그는 그 골짜기에서 사는 사람들의 주의를 끄는 일이 별로 없었다. 그도 그럴 것이 그의 일상생활에는 유달리 뚜렷한 점이 없었던 것이다.

남과 다른 점이 있다면 그는 아직도 하루의 일을 마치고 혼자 떨어져 그 큰 바위 얼굴을 쳐다보며 명상을 하는 점이었다. 그것은 다른 사람들의 생각에는 참으로 바보 같은 짓이었다. 그러나 어니스트는 부지런하고, 친절하며, 사람이 좋고, 자기가 할 일을 어김없이 하였으므로 아무도 그를 비난하지는 않았다.

사람들은 큰 바위 얼굴이 그의 선생님이라는 것과 큰 바위 얼굴에 나타난 높은 감성이 이 젊은이의 가슴을 다른 사람의 그것보다 더 넓고 깊고 인정미가 가득 차게 만든다는 것을 몰랐다. 그들은 그 큰 바위 얼굴이 책에서 배우는 것보다 더 많은 지혜를 주며, 또 그것을 쳐다봄으로써 다른 사람의 추행을 보고 경계를 하여, 현재의 생활보다 더 나은 생활이 앞으로 이루어지리라는 것을 몰랐다.

어니스트도 들판 가운데에서, 또는 화롯가에서 그리고 그가 혼자

깊이 생각하는 어느 곳에서나 그렇게 자연스럽게 떠오르는 사상과 감정이 사람들과의 접촉에서 일어나는 것보다 더 품격이 높은 것임을 몰랐다.

그의 어머니께서 처음으로 오랜 예언을 일러 주시던 때와 다름없이 순박한 그는 골짜기를 내려다보고 있는 큰 바위 얼굴을 쳐다보며, 그것과 똑같이 생긴 사람이 좀처럼 나타나지 않는 것을 아직도 이상스럽게 생각하였다.

이러는 동안에 개더골드는 죽어 땅 속에 묻혔다.

기괴한 일은 그의 육체요, 영혼이었던 재산은 그의 생전에 사라져버리고, 우굴쭈굴하고 누런 살갗으로 덮인 해골만이 그에게 남더라는 것이었다.

그의 황금이 녹아 스러지면서부터 누구나 다 인정하는 것은 이 거덜난 상인의 친한 생김새와 산 위에 있는 장엄한 얼굴 사이에는 서로 닮은 점이라고는 아무것도 없다는 것이었다. 그래서 사람들은 그의 생존 중에 벌써 그를 존경하는 마음이 부쩍 줄었고, 죽은 뒤에는 까맣게 그를 잊어버리고 말았다.

그런데 이 골짜기의 태생으로 여러 해 전에 군대에 들어가 수없는 격전을 겪고 난 끝에, 이제 와서는 저명한 장군이 된 사람이 있었다.

본명은 무엇인지 잘 모르나 병영이나 전쟁터에서는 올드 블럿 앤드 던더라는 별명으로 알려져 있었다.

이 백전의 용사도 이제는 노령과 상처로 몸이 허약해지고, 소란한 군대 생활과 오랫동안 귓속에 울려오던 북 소리며 나팔 소리에 그만 싫증이 나서, 고향에 돌아가 안식을 얻어 보려는 희망을 발표했다.

그렇기 때문에 이 골짜기의 흥분은 이루 형언할 수 없었다. 그리고 많은 사람들이 전에는 몇 해를 두고 한 번도 거들떠보지 않던 올드 블럿 앤드 던더 장군이 어떻게 생겼는지 알기 위하여 큰 바위 얼굴을 쳐다보며 시간을 보냈다.

큰 잔치가 벌어지는 날, 어니스트는 골짜기 사람들과 함께 일자리를 떠나 숲속의 향연이 마련되어 있는 곳으로 갔다.

어니스트는 발돋움을 하여, 이 저명한 큰 손님을 먼 빛으로라도 보려 하였다. 그러나 많은 사람들은 축사와 연설과 장군의 입에서 흘러나올 답사를 한마디도 빠뜨리지 않으려는 듯 식탁 주위에 몰려들고, 따라온 군대는 호위병의 직책을 다하느라고 총검으로 사람들을 무지하게 밀었다. 성품이 원래 겸손한 어니스트는 뒤로 밀려 그의 얼굴을 볼 수가 없었다.

그는 스스로를 위로하려고 큰 바위 얼굴이 있는 쪽으로 향하였다.

그는 전과 다름없이 성실해 보이고, 마음속에 오래 품고 있던 친구를 대하듯 다정히 그를 마주보며 미소를 띠는 것이었다.

이때, 이 영웅의 용모와 멀리 산허리 위에 있는 얼굴을 비교해 보는 여러 사람들의 말이 들렸다.

"판에 박은 듯이 똑같은 얼굴이다!"

한 사람이 기뻐 날뛰면서 외쳤다.

"영락없이 같구나. 바로 그 얼굴이야!"

또 다른 사람이 맞장구를 쳤다.

"닮다마다! 저건 올드 블럿 앤드 던더가 바로 커다란 거울 속에 비쳐 있는 것 같은걸"

하고 셋째 사람이 외쳤다.

"아무렴, 그렇고말고! 장군이야말로 고금을 통하여 가장 위대한 인물이거든."

그러고는 이 세 사람이 함께 높이 소리쳤다.

그것이 군중에는 전파처럼 퍼져서 수천의 입으로부터 큰 고함소리를 일으키고, 그 고함소리는 산중 수마일을 울려퍼져 나가서, 큰 바위 얼굴이 천둥 같은 숨결로 고함지른 것이 아닌가 하고 의심할 정도였다.

"장군이다! 장군이다!"

마침내 사람들의 고함소리가 들려왔다.

"쉬, 조용히! 장군이 연설을 하신다."

그 말대로 식사가 끝나고 박수갈채 속에 그의 건강을 위한 축배가 올려진 뒤를 이어, 장군은 감사의 뜻을 표하기 위하여 일어섰다. 어니스트는 그를 보았다.

그의 머리 위에는 월계수 얽힌 푸른 나뭇가지가 아치를 이루고, 깃발은 그의 이마에 그늘을 드리우며 축 늘어져 있었다. 그리고 또 숲이 트인 곳으로 큰 바위 얼굴도 볼 수 있었다. 그러면 이들 사이에는 사람들이 증언한 바와 같이 유사함이 정말로 있었던 것일까?

어니스트는 그러한 점을 찾아낼 수가 없었다.

그는 수없는 격전과 갖은 풍상에 찌든 얼굴을 유심히 바라보았다. 그 얼굴에는 정력이 넘쳐흐르고, 철석과 같은 의지가 나타나 있었다. 그러나 선량한 지혜와 깊고 넓고 따사로운 자비심은 찾아볼 수가 없었다. 큰 바위 얼굴은 준엄한 표정을 하고 있다 하더라도, 한편에는 분명히 더 온화한 빛이 있어서 그 표정을 녹이고 있었다.

"예언의 인물이 아니다."

어니스트는 군중 사이를 빠져나가면서 홀로 한숨을 내쉬었다.

"아직도 더 기다려야 할 것인가?"

또다시 여러 해가 평온한 가운데 흘러갔다. 어니스트는 아직도 그가 태어난 골짜기에 살고 있었고, 이제는 이미 중년의 남자가 되었다. 그리고 미미한 정도나마 차차 사람들 사이에 알려지게 되었다. 그는 지금도 예전과 같이 생계를 위해 일을 하는 여전히 순박한 마음을 지닌 사람이었다.

그러나 그는 여러 가지 많은 일을 생각하기도 하고 느끼기도 하였고, 생애의 가장 좋은 시점의 태반을 인류를 위해 훌륭한 일을 해보겠다는 신성한 희망으로 보내왔었다.

어느덧 자기도 모르는 사이에 그는 전도사가 되었다. 그의 맑고 높고 순박한 사상은 소리없이 그의 덕행으로 나타나기도 하였으나, 그것은 또 그의 설교 가운데에도 흘러나오는 것이었다. 그는 듣는 사람으로 하여금 깊은 감명을 받고 새로운 생활을 이룩해 나가게 할 진리를 설교했다. 청중은 바로 자기네의 이웃 사람이요, 친근한 벗인 어니스트가 범상치 않은 사람이라고는 생각조차 해본 일이 없었을 것이다.

더욱이 어니스트 자신은 꿈에도 그런 생각을 해본 일이 없었을 것이다.

그러나 개울물의 속삭임과도 같이 한결같은 힘으로 그의 입에서는 아직까지 그 어느 누구도 말해 보지 못한 사상이 술술 흘러나오는 것이었다.

얼마간 시간이 흘러 사람들의 마음이 냉정해지자 그들은 올드 블럿 앤드 던더 장군의 험상궂은 인상과 산 위에 있는 자비로운 얼굴과는 비슷한 점이 없다는 것을 알게 되었다. 그러나 이제 또다시 큰 바위 얼굴과 똑같은 얼굴이 어떤 저명한 정치가의 넓은 어깨 위에 나타났다는 소식이 들려오고, 신문에는 그것을 확인하는 많은 기사가 실렸다.

그는 개더골드 씨나 올드 블럿 앤드 던더 씨와 마찬가지로 이 골짜기에서 태어났으나, 일찍이 그 고장을 떠나 법률과 정치에 종사하여 왔었다. 부자의 재산과 무사의 칼 대신에 그는 오직 한 개의 혀를 가졌을 뿐이었으나, 그것은 앞의 두 가지를 합친 것보다 더 강력한 것이었다. 그의 언변은 놀랄 만큼 유창하여 그가 말하려 하는 것이 무엇이든 청중은 그의 말을 믿지 않을 수 없게 되어 그른 것도 옳게 보고, 정당한 것도 그르게 여기게 되었다. 그도 그럴 것이 만일 맘이 내키기만 하면, 그는 오로지 그의 숨결만으로 휘황한 안개를 일으켜 대자연의 햇빛을 무색하게 할 수도 있는 것이었다.

그 언변은 때로는 천둥과도 같이 우르르 울리기도 하고, 때로는 한없이 달가운 음악 소리와도 같이 속삭였다. 그것은 격전의 질풍이었고 평화의 노래였다.

사실 그럴 리는 없겠지만, 그는 그 혀 속에 심장을 지니고 있는 듯하였다. 실로 놀라운 사람이었다.

그의 혀로 하여금 상상할 수 있는 한의 모든 성공을 가져오게 했을 때, 그의 혀가 말하는 소리가 각 주의 정부와 여러 군주의 조정에 울리고, 그리하여 방방곡곡에 외치는 목소리로써 온 세계에 그의 명성이 떨치게 된 뒤에 마침내 그의 혀는 국민으로 하여금 그를 대통령으로 선출하도록 설복시키고야 말았다.

이보다 앞서 그의 이름이 세상에 알려지기 시작하자, 그의 숭배자들은 그와 큰 바위 얼굴과의 사이에 비슷한 모습을 찾아내었다.

이런 사실로써 이 신사는 올드 스토니 피즈˚라는 이름으로 전국에 알려지게 되었다.

친구들이 그를 대통령으로 추대하려고 전력을 다하고 있을 때, 그는 자기 고향인 골짜기를 방문하려고 출발하였다.

기마 행렬은 주 경계선에서 그를 맞이하려고 출발하였다. 그리고 모든 사람들은 일을 쉬고 길가에 모여, 그가 지나가는 것을 보려고 하였다. 그 사람들 속에는 어니스트도 있었다.

기마 행렬은 말굽 소리 요란하게 달려왔다. 먼지가 어떻게나 뽀얗게 나는지, 어니스트는 그 사람의 얼굴을 볼 수가 없었다. 그리고 악대가 연주하는 감격적인 멜로디가 우렁차게 반향해서 골짜기에 퍼져 이 골짜기 구석마다 저명한 손님을 환영하는 소리로 가득 찼다.

그러나 가장 웅대한 광경은 멀리 솟은 절벽이 그 음악에 반향하는 것이었다. 사람들은 모자를 벗어 위로 던지며 소리를 쳤다. 그 열기는 마음에서 마음으로 통하였고, 어니스트의 가슴도 불붙었다.

그도 모자를 위로 던지며 큰 소리로,

"위인 만세! 올드 스토니 피즈 만세!"

하고 외쳤다. 그러나 아직도 그 사람을 보지는 못했다.

"왔다!"

어니스트 가까이 서 있던 사람들이 외쳤다.

"저기 저기, 올드 스토니 피즈를 봐라. 그리고 저 산 위의 노인을

---

* 올드 스토니 피즈(Old Stony Phiz) : 큰 바위 얼굴과 같은 얼굴의 늙은이란 뜻.

봐라. 마치 쌍둥이 같지 않으냐?"

이같이 화려한 행렬 한가운데 네 마리의 흰말이 끄는 뚜껑 없는 사륜마차가 왔다.

그 수레 안에는 모자를 벗어 든 유명한 정치가 올드 스토니 피즈가 앉아 있었다.

"어때, 희한하지?"

어니스트 곁에 사람이 그에게 말했다.

큰 바위 얼굴은 이제야 제 짝을 만났다.

솔직히 말하여 마차에서 고개를 끄덕거리며 미소를 띠고 있는 얼굴 생김을 처음으로 보았을 때, 어니스트는 산 위에 있는 얼굴과 흡사하다고 생각하였다.

훤하게 벗어진 큰 이마며, 그 밖에 얼굴 형상이 참으로 대담하고 힘있게 보여, 마치 타이탄 같은 전형과 경쟁하려고 만들어진 것 같았다. 그러나 그 산중턱의 얼굴을 빛나게 하며 그 육중한 화강석 물체를 정신적인 것으로 영화시키고 있는 장엄이나 위풍이나, 산과 같은 사랑의 위대한 표정은 찾아볼 길이 없었다. 무엇인지 원래부터 결핍되었거나 그렇지 않으면 있던 것이 없어져버린 것 같았다.

이 놀랄 만한 천품을 지닌 정치가의 눈시울에는 지치고 우울한 빛이 깃들어 있는 것이었다.

그러나 어니스트의 옆 사람은 팔꿈치로 그를 쿡쿡 찌르면서 대답을 재촉하였다.

"어때? 어떤가 말이야. 이 사람이야말로 저 산중턱의 노인과 똑같지 않아?"

"아니오."

어니스트는 무뚝뚝하게 말했다.

"아니, 조금도 닮지 않았소? 그렇다면, 저 큰 바위 얼굴에게 미안한데."

이렇게 대답하고 옆 사람은 올드 스토니 피즈를 위하여 다시 환호성을 울렸다. 그러나 어니스트는 아주 낙심한 것같이 우울하게 그곳을 떠났다. 예언을 실현시킬 수 있는 사람이 그렇게 할 의사가 없는 것같이 보였기 때문에 그는 슬펐다.

세월은 꼬리를 이어 덧없이 지나갔다. 그리고 이제는 어니스트의 머리에도 서리가 내렸다. 이마에는 점잖은 주름살이 잡히고, 양쪽 뺨에는 고랑이 생겼다. 그는 정말 늙은이가 되었다. 그러나 헛되이 나이만 먹은 것은 아니었다. 머리 위의 백발보다 더 많은 현명한 생각이 머릿속에 깃들어 있고, 이마와 뺨의 주름살에는 인생 행로에서 시련을 받은 슬기가 간직되어 있는 것이었다. 어니스트는 이미 무명한 존재는 아니었다. 수많은 사람이 쫓아다니는 명예가 찾지도 않고 원하지도 않는 그를 찾아오고야 말았고, 그의 이름은 그가 살고 있는 산골을 넘어 세상에 널리 알려지게 되었다.

어니스트가 이와 같이 늙어가고 있을 무렵에, 인자하신 하느님의 섭리로 새로운 시인 한 사람이 세상에 나타나게 되었다. 그도 역시 이 골짜기에서 태어난 사람이었다. 그러나 꿈같이 그 고장을 멀리 떠나 일생의 태반을 도시의 잡음 속에서 아름다운 음률을 쏟아놓으며 살고 있었다. 또 그는 큰 바위 얼굴의 웅대한 입으로 읊어도 부끄럽지 않을 만큼 장엄한 송가로 그 바위를 찬양한 적도 있었다. 말하자면 이 천재는 훌륭한 재능을 몸에 지니고 하늘로부터 이 세상에 내려온 것이라고도 할 수 있었다. 그가 산을 읊으면 모든 사람들은 한층 더 장엄함이 그 산허리에 또는 그 산꼭대기에 나타나는 것을 보았다. 그가 아름다운 호수를 노래 부르면, 하늘은 미소를 던져 그 호수 위를 영원히 비추려 하였다.

망망한 바다를 읊으면, 그 깊고 넓고 무서운 가슴이 그의 정서에 감격하여 약동하는 듯이 보였다.

이 시인의 행복된 눈으로 세상을 축복함에 온 세상은 과거와는 다른 더 훌륭한 모습을 갖게 되었다.

조물주는 자기가 손수 창조한 세계에 마지막으로 가한 최상의 솜씨로써 그를 내려보냈던 것이었다.

그 시인이 와서 해석을 하고 조물주의 창조를 완성시킬 때까지는 천지 창조는 완성된 것이 아닌 것 같았다.

이 시인의 시가는 마침내 어니스트의 손에까지 들어가게 되었다. 그는 늘 노동이 끝난 뒤에 자기 집 문 앞에 놓인 긴 의자에 앉아서 그 시가들을 읽었다.

그 자리는 오랫동안 그가 큰 바위 얼굴을 쳐다보며 사색에 잠기는 곳이었다. 그리고 지금 자기의 영혼에 강렬한 충격을 주는 그 시가들을 읽고서 그는 눈을 들어 인자하게 자기를 보고 있는 그 얼굴을 쳐다보았다.

"오, 장엄한 벗이여!"

그는 큰 바위 얼굴을 보고 중얼거렸다.

"이 사람이야말로 그대를 닮을 자격이 있는 사람이 아닙니까?"

그 얼굴은 미소하는 것 같았으나, 아무 대답이 없었다.

한편 이 시인은 그가 그렇게도 멀리 떨어져 있었지만, 어니스트의 소문을 들었을 뿐 아니라 그의 인격에 대하여 사모하는 나머지, 배우지 아니한 지혜와 그의 생활의 고아한 순수성이 일치되고 있는 이 사람을 몹시도 만나고 싶어하였다. 그래서 어느 여름 아침에 기차를 타고, 며칠 후 어니스트의 집에서 과히 멀지 않은 곳에서 내렸다. 전에 개더골드의 저택이었던 호텔이 바로 옆에 있었지만, 그는 손가방을 든 채 어니스트의 집을 찾아가 거기서 일박을 청하려고 생각하였다. 문 앞에 가까이 가서 점잖은 노인이 책을 한 손에 들고 읽다 그 책갈피에 손가락을 끼운 채 큰 바위 얼굴을 쳐다보고 또 책을 들여다보고 하는 것을 보았다.

"안녕하십니까? 지나가는 나그네올시다. 하룻밤 머물러 갈 수 있겠습니까?"
하고 그 시인은 말을 건넸다.
"네, 그렇게 하십시오"
하자, 그는 웃으며,
"저 큰 바위 얼굴이 저렇게 다정한 얼굴로 손님을 맞이하는 것을 본 일이 없는데요"
라고 말하였다.

시인은 어니스트 옆에 앉아서 서로 이야기를 주고받기 시작하였다. 시인은 전에도 가장 재치 있고 가장 지혜로운 사람들과 이야기해 본 일이 있었으나, 어니스트와 같이 자유자재하게 사상과 감정이 우러나오고, 소박한 말솜씨로써 위대한 진리를 매우 알기 쉽게 말하는 사람을 대해 본 적이 없었다.

시인의 이야기에 귀를 기울이고 있는 어니스트에게는 그 큰 바위 얼굴이 몸을 앞으로 내밀고 귀를 기울이는 것만 같았다. 그는 열심으로 시인의 광채 있는 눈을 들여다보았다.

"손님께서는 비범한 재주를 가지셨으니, 대체 뉘십니까?"
하고 어니스트는 물었다.

시인은 어니스트가 읽고 있던 책을 가리키며.

"당신께서는 이 책을 읽으셨지요? 그러면 저를 아실 것입니다. 제가 바로 이 책을 지은 사람입니다"
하고 그는 대답하였다.

어니스트는 다시 한 번 전보다 더 열심으로 그 시인의 모습을 살폈다. 그리고 그 큰 바위 얼굴을 쳐다보고는 이상하다는 표정으로 다시 한 번 손님을 쳐다보았다.

그러나 그의 얼굴에는 실망의 빛이 떠올랐다. 머리를 내흔들며 한숨을 내뿜는다.

"왜 슬퍼하십니까?"
하고 시인은 물어 보았다.

"저는 일생 동안 예언이 실현되기를 기다리고 있었습니다. 제가 이 시를 읽을 적에 이 시를 쓴 분이야말로 그 예언을 실현시켜 줄 분이 아닐까 하고 생각했던 것입니다."
하고 그는 대답하였다.

시인은 얼굴에 약간 미소를 띠면서 말하기를,

"주인께서는 저에게서 저 큰 바위 얼굴과 흡사한 점을 찾기를 원하셨다는 말씀이지요? 그런데 지금 보니 개더골드나, 올드 블럿 앤드 던더나, 올드 스토니 피즈와 마찬가지로 저에 대해서도 역시 실망을 했단 말씀이지요? 그렇습니다. 저는 그 정도밖에 아니됩니다. 저 역시 앞서 나타난 세 사람들과 같이 당신에게 또 하나의 실망을 더하여 드렸을 뿐입니다. 정말로 부끄럽고 슬픈 이야기입니다만, 저는 저기 있는 인자하고 장엄하게 생긴 얼굴에 비할 가치가 없는 인간입니다"
하였다.
　"왜요? 여기 담긴 생각이 신성하지 않단 말씀입니까?"
하고, 어니스트는 시집을 가리키며 말하였다.
　시인은,
　"그 시에는 신의 뜻을 전하는 바가 있습니다. 하늘나라 노래의 먼 반향쯤은 들릴 것입니다. 친애하는 어니스트 씨여! 그러나 나의 생활은 나의 사상과 일치되지 못하였습니다. 나 역시 큰 꿈을 가졌었습니다. 그러나 그것들은 다만 꿈으로 그치고, 나는 빈약하고 천한 현실 속에서 살기를 택하게 되고, 그렇게 살아왔습니다. 때로는, 터놓고 말씀을 드리면 나의 작품들이 자연 속에 또는 인생 속에 그 존재를 더 확실히 나타냈다고 하는 장엄이라든지 미라든지 선이라든지 대하여 나 자신이 신념을 갖지 못하는 일도 있었습니다. 그러니 순수한 선과 진리를 찾으려는 당신의 눈이 나에게서 저 큰 바위 얼굴을 찾을 수가 있겠습니까?"
라고 슬프게 대답하였다. 그의 두 눈에는 눈물이 어리어 있었다. 어니스트의 눈에도 눈물이 괴었다.
　　저녁 해질 무렵에 오래전부터 흔히 해온 관례대로 어니스트는 야외에서 동네 사람들에게 이야기를 하기로 되어 있었다. 그와 시인은 아직도 이야기를 주고받으며, 서로 팔을 끼고 그곳으로 걸어갔다.
　　그곳은 나지막한 산에 둘러싸인 작은 구석진 곳이었다. 뒤에는 회색 절벽이 솟아 있고, 앞으로는 많은 담쟁이덩굴들이 무성하여 울퉁불퉁한 벼랑으로부터 줄기줄기 덩굴이 내려와 험상궂은 바위를 마치 비단 휘장처럼 덮고 있었다. 그 평지보다 약간 높게 푸른 나뭇잎으로 둘러싸인 아늑한 곳이 있으니, 그곳은 한 사람이 들어가서 자기의 진심으로부터 우러나오는 몸짓을 하며 이야기를 할 수 있을 정도의 공간이었다.

어니스트는 이 천연적인 연단에 올라가서, 따뜻하고 다정한 웃음을 띠며 청중들을 돌아다보았다. 그들은 설 사람은 서고, 앉을 사람은 앉고, 기댈 사람은 기대고 하여 저마다 편한 자세를 취하고 있었다. 서산에 기울어져 가는 해는 그들의 모습을 비춰 주고, 햇빛이 잘 통하지 않는 고목이 울창하고 엄숙한 숲속에 다소 명랑한 빛을 던져 주고 있었다. 또 한쪽을 바라보면, 그 큰 바위 얼굴이 예나 이제나 다름없이 유쾌하고 장엄하면서도 인자한 모습으로 보이고 있었다.

어니스트는 자기의 마음속에 있는 바를 청중들에게 이야기하기 시작하였다. 그의 말은 자신의 사상과 일치되어 있었으므로 힘이 있었고, 자신의 사상은 자기의 일상생활과 조화되어 있었으므로 현실성과 깊이가 있었다. 이 설교자의 하는 말은 단순한 음성이 아니요, 생명의 부르짖음이었다. 그 속에는 착한 행위와 신성한 사랑으로 된 그의 일생이 융해되어 있었기 때문이었다. 마치 윤택하고 순결한 진주가 그의 귀중한 생명수 속에 녹아 들어간 것 같았다. 그의 이야기에 귀를 기울이고 있던 시인은 어니스트의 인간성과 품격이 자기가 쓴 어느 시보다 더 고아한 시라고 느꼈다.

그는 눈물어린 눈으로 그 존엄한 사람을 우러러 보았다. 그리고 그 온화하고 다정하고 사려 깊은 얼굴에 백발이 흩어져 있는 모습이야말로 예언자와 성자다운 모습이라고 혼자서 생각하였다.

저쪽 멀리, 그러나 뚜렷이 넘어가는 태양의 황금빛 속에 높이, 큰 바위 얼굴이 보였다.

그 주위를 둘러싼 흰구름은 어니스트의 이마를 덮고 있는 백발과도 같았다. 그 광대하고 자비로운 모습은 온 세상을 포옹하는 듯하였다.

이 순간, 어니스트의 얼굴은 그가 말하려던 생각에 일치되어, 자비심이 섞인 장엄한 표정을 지었다.

그 시인은 참을 수 없는 충동으로 팔을 높이 들고 외쳤다.

"보시오! 보시오! 어니스트야말로 큰 바위 얼굴과 똑같습니다."

모든 사람들은 어니스트를 쳐다보았다. 그리고 그 안목 있는 시인의 말이 사실인 것을 알았다.

예언은 실현되었다. 그러나 할 말을 다 마친 어니스트는 시인의 팔을 잡고 천천히 집으로 돌아가면서, 아직도 자기보다 더 현명하고 착한 사람이 큰 바위 얼굴 같은 용모를 가지고 쉬 나타나기를 마음속으로 바라는 것이었다.

* 이 번역은 1960년대 국정 국어교과서에 실렸다.

제 2 부
번역 단편소설 원문

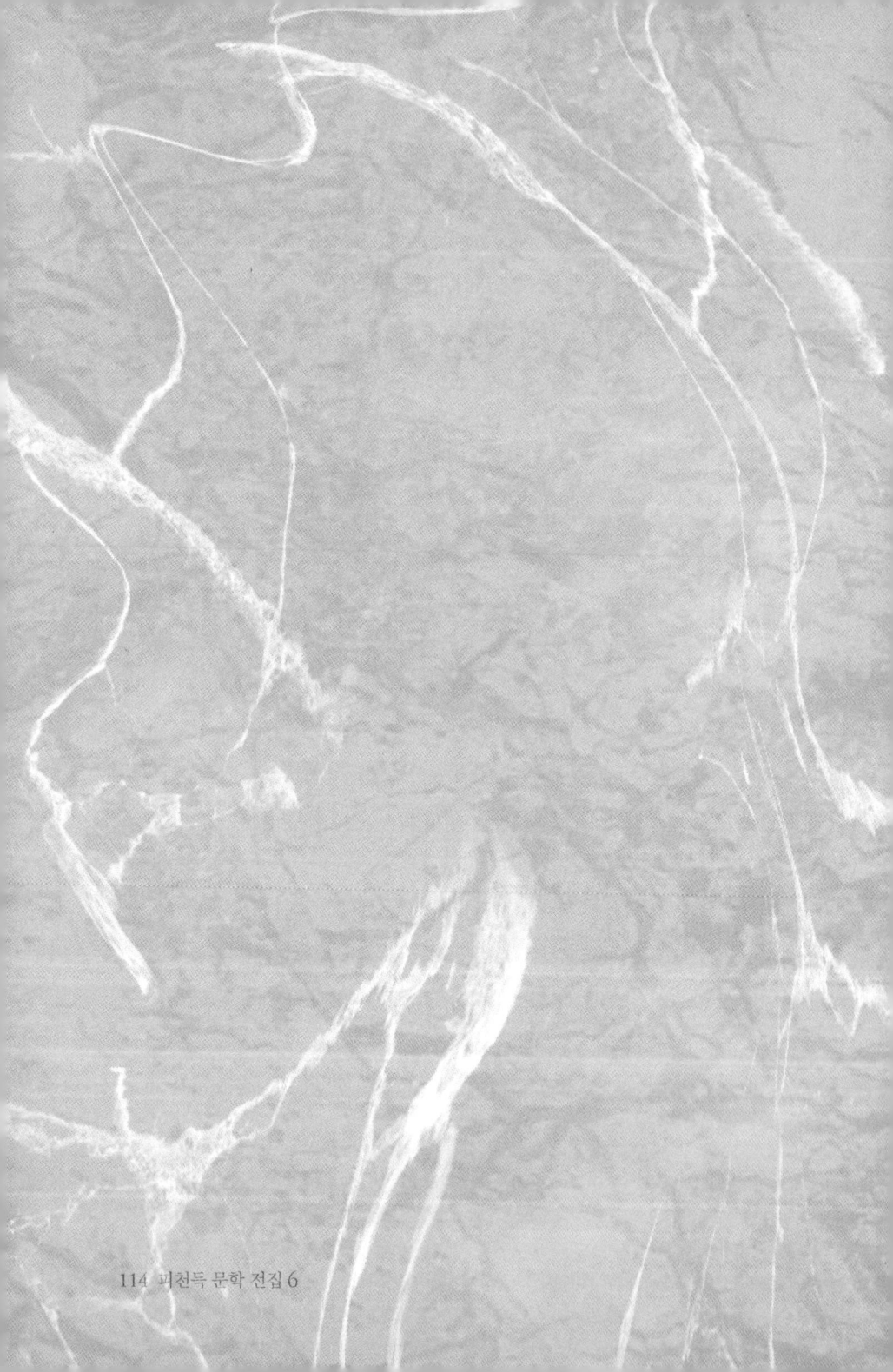

| 불어 원문 |

알퐁스 도데 〈마지막 수업〉

〈LA DERNIÈRE CLASSE〉

RÉCIT D'UN PETIT ALSACIEN

Alphonse Daudet

Ce matin-là, j'étais très en retard pour aller à l'école, et j'avais grand-peur d'être grondé, d'autant que M. Hamel nous avait dit qu'il nous interrogerait sur les participes, et je n'en savais pas le premier mot. Un moment l'idée me vint de manquer la classe et de prendre ma course à travers champs.

Le temps était si chaud, si clair !

On entendait les merles siffler à la lisière du bois, et dans le pré Rippert, derrière la scierie, les Prussiens qui faisaient l'exercice. Tout cela me tentait bien plus que la règle des participes ; mais j'eus la force de résister, et je courus bien vite vers l'école.

En passant devant la mairie, je vis qu'il y avait du monde arrêté près du petit grillage aux affiches. Depuis deux ans, c'est de là que nous sont venues toutes les mauvaises nouvelles, les batailles perdues, les réquisitions, les ordres de la commandature ; et je pensai sans m'arrêter :

« Qu'est-ce qu'il y a encore ? »

Alors, comme je traversais la place en courant, le forgeron Wachter, qui était là avec son apprenti en train de lire l'affiche, me cria :

« Ne te dépêche pas tant, petit ; tu y arriveras toujours assez tôt à ton école ! »

Je crus qu'il se moquait de moi, et j'entrai tout essoufflé dans la petite cour de M. Hamel.

D'ordinaire, au commencement de la classe, il se faisait un grand tapage qu'on entendait jusque dans la rue : les pupitres ouverts, fermés, les leçons qu'on répétait très haut, tous ensemble, en se bouchant les oreilles pour mieux apprendre, et la grosse règle du maître qui tapait sur les tables :

« Un peu de silence ! »

Je comptais sur tout ce train pour gagner mon banc sans être vu ; mais, justement, ce jour-là, tout était tranquille, comme un matin de dimanche. Par la fenêtre ouverte, je voyais mes camarades déjà rangés à leurs places, et M. Hamel, qui passait et repassait avec la terrible règle en fer sous le bras. Il fallut ouvrir la porte et entrer au milieu de ce grand calme. Vous pensez, si j'étais rouge et si j'avais peur !

Eh bien, non ! M Hamel me regarda sans colère et me dit très doucement :

« Va vite à ta place, mon petit Franz ; nous allions commencer sans toi. »

J'enjambai le banc et je m'assis tout de suite à mon pupitre. Alors seulement, un peu remis de ma frayeur, je remarquai que notre maître avait sa belle redingote verte, son jabot plissé fin et la calotte de soie noire brodée qu'il ne mettait que les jours d'inspection ou de distribution de prix. Du reste, toute la classe avait quelque chose d'extraordinaire et de solennel. Mais ce qui me surprit le plus, ce fut de voir au fond de la salle, sur les bancs qui restaient vides d'habitude, des gens du village assis et silencieux comme nous : le vieux Hauser avec son tricorne, l'ancien maire, l'ancien facteur, et puis d'autres personnes encore. Tout ce monde-là paraissait triste ; et Hauser avait apporté un vieil abécédaire mangé aux bords, qu'il tenait grand ouvert sur ses genoux, avec ses grosses lunettes posées en travers des pages.

Pendant que je m'étonnais de tout cela, M. Hamel était monté dans sa chaire, et de la même voix douce et grave dont il m'avait reçu, il nous dit :

« Mes enfants, c'est la dernière fois que je vous fais la classe. L'ordre est venu de Berlin de ne plus enseigner que l'allemand dans les écoles de l'Alsace et de la Lorraine… Le nouveau maître arrive demain. Aujourd'hui, c'est votre dernière leçon de français. Je vous prie d'être bien attentifs. »

Ces quelques paroles me bouleversèrent. Ah ! les misérables, voilà ce qu'ils avaient affiché à la mairie.

Ma dernière leçon de français !…

Et moi qui savais à peine écrire ! Je n'apprendrais donc jamais ! Il faudrait donc en rester là ! Comme je m'en voulais maintenant du temps perdu, des classes manquées à courir les nids ou à faire des glissades sur la

Saar ! Mes livres que tout à l'heure encore je trouvais si ennuyeux, si lourds à porter, ma grammaire, mon histoire sainte, me semblaient à présent de vieux amis qui me feraient beaucoup de peine à quitter. C'est comme M. Hamel. L'idée qu'il allait partir, que je ne le verrais plus, me faisait oublier les punitions, les coups de règle.

Pauvre homme !

C'est en l'honneur de cette dernière classe qu'il avait mis ses beaux habits du dimanche, et, maintenant, je comprenais pourquoi ces vieux du village étaient venus s'asseoir au bout de la salle. Cela semblait dire qu'ils regrettaient de ne pas y être venus plus souvent, à cette école. C'était aussi comme une façon de remercier notre maître de ses quarante ans de bons services, et de rendre leurs devoirs à la patrie qui s'en allait…

J'en étais là de mes réflexions, quand j'entendis appeler mon nom. C'était mon tour de réciter. Que n'aurais-je pas donné pour pouvoir dire tout au long cette fameuse règle des participes, bien haut, bien clair, sans une faute ! mais je m'embrouillai aux premiers mots, et je restai debout à me balancer dans mon banc, le cœur gros, sans oser lever la tête. J'entendais M. Hamel qui me parlait :

« Je ne te gronderai pas, mon petit Franz, tu dois être assez puni… Voilà ce que c'est. Tous les jours on se dit : Bah ! j'ai bien le temps. J'apprendrai demain. Et puis tu vois ce qui arrive… Ah ! ç'a été le grand malheur de notre Alsace de toujours remettre son instruction à demain. Maintenant ces gens-là sont en droit de nous dire : Comment ! Vous prétendiez être Français, et vous ne savez ni parler ni écrire votre langue !

Dans tout ça, mon pauvre Franz, ce n'est pas encore toi le plus coupable. Nous avons tous notre bonne part de reproches à nous faire.

« Vos parents n'ont pas assez tenu à vous voir instruits. Ils aimaient mieux vous envoyer travailler à la terre ou aux filatures pour avoir quelques sous de plus. Moi-même, n'ai-je rien à me reprocher ? Est-ce que je ne vous ai pas souvent fait arroser mon jardin au lieu de travailler ? Et quand je voulais aller pêcher des truites, est-ce que je me gênais pour vous donner congé ?... »

Alors, d'une chose à l'autre, M. Hamel se mit à nous parler de la langue française, disant que c'était la plus belle langue du monde, la plus claire, la plus solide : qu'il fallait la garder entre nous et ne jamais l'oublier, parce que, quand un peuple tombe esclave, tant qu'il tient bien sa langue, c'est comme s'il tenait la clef de sa prison*... Puis il prit une grammaire et nous lut notre leçon. J'étais étonné de voir comme je comprenais. Tout ce qu'il disait me semblait facile, facile. Je crois aussi que je n'avais jamais si bien écouté, et que lui, non plus, n'avait jamais mis autant de patience à ses explications. On aurait dit qu'avant de s'en aller le pauvre homme voulait nous donner tout son savoir, nous le faire entrer dans la tête d'un seul coup.

La leçon finie, on passa à l'écriture. Pour ce jour-là, M. Hamel nous avait préparé des exemples tout neufs, sur lesquels était écrit en

---

* ≪S'il tient sa langue, il tient la clef qui de ses chaînes, le délivre≫ - F. MISTRAL belle ronde : *France, Alsace, France, Alsace*. Cela faisait comme des petits drapeaux qui flottaient tout autour de la classe, pendus à la tringle de nos pupitres. Il fallait voir comme chacun s'appliquait, et quel silence ! On n'entendait rien que le grincement des plumes sur le papier. Un moment des hannetons entrèrent ; mais personne n'y fit attention, pas même les tout petits qui s'appliquaient à tracer leurs bâtons, avec un cœur, une conscience, comme si cela encore était du français… Sur la toiture de l'école, des pigeons roucoulaient tout bas, et je me disais en les écoutant :

« Est-ce qu'on ne va pas les obliger à chanter en allemand, eux aussi ? »

De temps en temps, quand je levais les yeux de dessus ma page, je voyais M. Hamel immobile dans sa chaire et fixant les objets autour de lui, comme s'il avait voulu emporter dans son regard toute sa petite maison d'école… Pensez ! depuis quarante ans, il était là, à la même place, avec sa cour en face de lui et sa classe toute pareille. Seulement les bancs, les pupitres s'étaient polis, frottés par l'usage ; les noyers de la cour avaient grandi, et le houblon qu'il avait planté lui-même enguirlandait maintenant les fenêtres jusqu'au toit. Quel crève-cœur ça devait être pour ce pauvre homme de quitter toutes ces choses, et d'entendre sa sœur qui allait, venait, dans la chambre au-dessus, en train de fermer leurs malles ! car ils devaient partir le lendemain, s'en aller du pays pour toujours.

Tout de même, il eut le courage de nous faire la classe jusqu'au bout. Après l'écriture, nous eûmes la leçon d'histoire ; ensuite les petits chantèrent tous ensemble le ba be bi bo bu. Là-bas, au fond de la salle, le vieux Hauser avait mis ses lunettes, et, tenant son abécédaire à deux mains, il épelait les lettres avec eux. On voyait qu'il s'appliquait, lui aussi ; sa voix tremblait d'émotion, et c'était si drôle de l'entendre, que nous avions tous envie de rire et de pleurer. Ah ! je m'en souviendrai de cette dernière classe…

Tout à coup l'horloge de l'église sonna midi, puis *l'Angelus*. Au même moment, les trompettes des Prussiens qui revenaient de l'exercice éclatèrent sous nos fenêtres… M. Hamel se leva tout pâle, dans sa chaire. Jamais il ne m'avait paru si grand.

« Mes amis, dit-il, mes amis, je… je… »

Mais quelque chose l'étouffait. Il ne pouvait pas achever sa phrase.

Alors il se tourna vers le tableau, prit un morceau de craie et, en appuyant de toutes ses forces, il écrivit aussi gros qu'il put :

« VIVE LA FRANCE ! »

Puis il resta là, la tête appuyée au mur, et, sans parler, avec sa main, il nous faisait signe :

« C'est fini… allez-vous-en. »(1873)

| 영어 번역문 |

알퐁스 도데 〈마지막 수업〉

〈The Last Lesson〉

Alphonse Daudet

This morning I was very late getting to school and I was afraid of being scolded because M. Hamel had said he would be quizzing us on the participles and I didn't know the first word. It occurred to me that I might skip class and run afield. The day was warm and bright, the blackbirds were whistling at the edge of the woods, and in the meadow behind the sawmill the Prussians were practicing. Everything seemed much nicer than the rule of participles; but I resisted the urge and hurried toward school.

Passing the town hall, I saw a group of people gathered in front of the notice board. For the past two years that has been where we've gotten all the bad news, the battles lost, the demands, the commands; and I thought without stopping: "What now?" Then as I ran by, the blacksmith Wachter, who was there with his apprentice reading the postings, called to me: "Don't rush, boy; you have plenty of time to get to school!" I thought he was teasing me, and I was out of breath as I reached M. Hamel's.

Normally, when class starts, there is noise enough to be heard from the street as desks are opened and shut, students repeat lessons together and loudly with hands over ears to learn better, and the teacher's big ruler knocking on the tables: "Let's have some quiet!" I was hoping to use the commotion to sneak into place unnoticed, but today all was silent, like a Sunday morning. Through the open window I saw my classmates already in their seats and M. Hamel, who went back and forth with his terrible iron ruler under his arm. I had to open the door and enter amidst this great calm. You can imagine how flushed and fearful I was!

But no, M. Hamel looked at me evenly and said gently: "Take your seat quickly, little Franz, we were starting without you." I hopped the bench and sat at my desk right away. Only after I had settled in did I notice our teacher had on his fancy green coat, his ruffled shirt and the embroidered silk cap he only wore on inspection or award days. Also, the whole room seemed oddly solemn. But what surprised me most was at the back of the room where the benches were always empty now sat people of the village, quietly like us: the old Hauser with his tricorn, the former mayor, the former postmaster, and some others. Everyone looked sad; and Hauser had brought his old primer, worn at the edges, which he held open on his knees with his glasses resting on the pages.

While I was taking all this in, M. Hamel stood by his chair and in the same grave, gentle voice with which he had welcomed me told us: "Children, this is the last time I will teach the class. Orders from Berlin require that only German be taught in the schools of Alsace and Lorraine … the new teacher arrives tomorrow. Today is your last French lesson. I ask for your best attention." These words hit me hard. Ah! Those beasts, that's what they had posted at the town hall. My last French lesson …

Yet I hardly knew how to write! I had learned nothing! And I would learn no more! I wished now to have the lost time back, the classes missed as I hunted for eggs or went skating on the Saar! My books that I had always found so boring, so heavy to carry, my grammar text, my history of the saints-they seemed to me like old friends I couldn't bear to abandon. It was the same with M. Hamel. The idea that he was leaving made me forget his scolding and the thumps of his ruler. Poor man!

It was in honor of this final class that he had worn his best Sunday outfit, and now I understood why the old men from the village were gathered at the rear of the class. They were there to show that they too were sorry for neglecting to attend school more. It was also a way to thank our teacher of forty years for his fine service, and to show their respect for the country that was disappearing.

I was pondering these things when I heard my name called. It was my turn to recite. What wouldn't I have given to say that vaunted rule of participles loudly, clearly, flawlessly? Instead I tangled the first words and stood, hanging onto my desk, my heart pounding, unable to raise my head. I heard M. Hamel say: "I won't scold you, my little Franz, you must already feel bad … That's how it is. We always say: 'Bah! I have time. I'll learn "tomorrow."' And now you see it has come … Ah! It is Alsace's great trouble that she always puts off learning until tomorrow. Now people will be justified in saying to us: 'How come you pretend to be French and yet don't know how to read or write your language!" You are not the most guilty of this, my poor Franz. We all have good reason to blame ourselves.

Your parents did not press you to learn your lessons. They'd prefer to have you work in the fields or at the mill to earn some more money. Myself, I am not blameless. Haven't I sent you to water my garden instead of work? And when I wanted to go fishing, didn't I give you the day off?"

Then, from one thing to another, M. Hamel spoke of the French tongue, saying it was the most beautiful language in the world, the most clear, the most sensible. That we must keep it ourselves and never forget it, because when a people if they hold onto their language it is like holding the prison key …

Then he took a grammar text and read us our lesson. I was stunned to realize how well I understood it. Everything he said seemed so easy, easy! I believe also that I had never listened so well and that he had never explained to us so patiently. One might think that the poor man wished to give us all his knowledge, to fill our heads in a single try.

After grammar, we moved on to writing. For this day, M. Hamel had prepared new examples, written in beautiful, round script: France, Alsace, France, Alsace. They looked like little flags floating about the classroom, hung from the rods atop our desks. It was something to see everyone set to our work, and so silently! The only sound was the scratching of pens on paper. Once some beetles flew in but no one paid them any attention, not even the little ones who were assiduously tracing their figures with one heart, one mind, as if this also were French … On the roof the pigeons cooed softly. When I heard them I said to myself: "Will they be forced to sing in German, too?" From time to time when I'd raise my eyes from my writing I would see M. Hamel still in his chair staring at the objects around him as if he wanted to memorize exactly how things were in the little schoolhouse.

Imagine! For forty years, he'd been in the same place with his yard before him and all the class likewise. The benches and desks were polished, worn with use; the walnut trees had grown, and the hops he'd planted himself now climbed around the windows to the roof. How heartbreaking it must be for the poor man to leave all these things, to hear his sister packing their things in the room above.

They would have to leave the country the next day, forever.

All the same, he bravely kept class to the very end. After writing, we had a history lesson, then the little ones sang together their BA BE BI BO BU. At the rear of the room, old Hauser put on his glasses and, holding his primer in both hands, chanted the letters with them. It was obviously a great effort for him; his voice trembled with emotion and it was so funny to hear him that we wanted to laugh and cry. Ah! I do remember that last class…

Suddenly the church clock struck noon. During the Angelus we could hear the Prussians' trumpets beneath the windows as they returned from their exercises… M. Hamel rose, colorless, from his chair. Never had he appeared so large.

"My friends, say, my, I … I…" But something choked him. He couldn't say it.

He turned to the board, took a piece of chalk and, using all of his strength, he wrote as large as he could:

"VIVE LA FRANCE!"

He stayed there, his head resting on the wall, and wordlessly used his hand to motion to us: "It's over ... you may go."

| 영어 원문 |

너새니얼 호손 〈석류씨〉

〈The Pomegranate Seeds〉

Nathaniel Hawthorne

Mother Ceres was exceedingly fond of her daughter Proserpina, and seldom let her go alone into the fields. But, just at the time when my story begins, the good lady was very busy, because she had the care of the wheat, and the Indian corn, and the rye and barley and, in short, of the crops of every kind, all over the earth; and as the season had thus far been uncommonly backward, it was necessary to make the harvest ripen more speedily than usual. So she put on her turban, made of poppies (a kind of flower which she was always noted for wearing), and got into her car drawn by a pair of winged dragons, and was just ready to set off.

"Dear mother," said Proserpina, "I shall be very lonely while you are away. May I not run down to the shore, and ask some of the sea nymphs to come up out of the waves and play with me?"

"Yes, child," answered Mother Ceres. "The sea nymphs are good creatures, and will never lead you into any harm. But you must take care not to stray away from them, nor go wandering about the fields by yourself. Young girls, without their mothers to take care of them, are very apt to get into mischief."

The child promised to be as prudent as if she were a grown-up woman; and, by the time the winged dragons had whirled the car out of sight, she was already on the shore, calling to the sea nymphs to come and play with her. They knew Proserpina's voice, and were not long in showing their glistening faces and sea-green hair above the water, at the bottom of which was their home. They brought along with them a great many beautiful shells; and sitting down on the moist sand, where the surf wave broke over them, they busied themselves in making a necklace, which they hung round Proserpina's neck. By way of showing her gratitude, the child besought them to go with her a little way into the fields, so that they might gather abundance of flowers, with which she would make each of her kind playmates a wreath.

"O no, dear Proserpina," cried the sea nymphs; "we dare not go with you upon the dry land. We are apt to grow faint, unless at every breath we can snuff up the salt breeze of the ocean. And don't you see how careful we are to let the surf wave break over us every moment or two, so as to keep ourselves comfortably moist? If it were not for that, we should look like bunches of uprooted seaweed dried in the sun.

"It is a great pity," said Proserpina. "But do you wait for me here, and I will run and gather my apron full of flowers, and be back again before the surf wave has broken ten times over you. I long to make you some wreaths that shall be as lovely as this necklace of many colored shells."

"We will wait, then," answered the sea nymphs. "But while you are gone, we may as well lie down on a bank of soft sponge under the water. The air to-day is a little too dry for our comfort. But we will pop up our heads every few minutes to see if you are coming."

The young Proserpina ran quickly to a spot where, only the day before, she had seen a great many flowers. These, however, were now a little past their bloom; and wishing to give her friends the freshest and loveliest blossoms, she strayed farther into the fields, and found some that made her scream with delight. Never had she met with such exquisite flowers before-violets so large and fragrant-roses with so rich and delicate a blush-such superb hyacinths and such aromatic pinks-and many others, some of which seemed to be of new shapes and colors. Two or three times, moreover, she could not help thinking that a tuft of most splendid flowers had suddenly sprouted out of the earth before her very eyes, as if on purpose to tempt her a few steps farther. Proserpina's apron was soon filled, and brimming over with delightful blossoms. She was on the point of turning back in order to rejoin the sea nymphs, and sit with them on the moist sands, all twining wreaths together. But, a little farther on, what should she behold? It was a large shrub, completely covered with the most magnificent flowers in the world.

"The darlings!" cried Proserpina; and then she thought to herself, "I was looking at that spot only a moment ago. How strange it is that I did not see the flowers!"

The nearer she approached the shrub, the more attractive it looked, until she came quite close to it; and then, although its beauty was richer than words can tell, she hardly knew whether to like it or not. It bore above a hundred flowers of the most brilliant hues, and each different from the others, but all having a kind of resemblance among themselves, which showed them to be sister blossoms. But there was a deep, glossy luster on the leaves of the shrub, and on the petals of the flowers, that made Proserpina doubt whether they might not be poisonous. To tell you the truth, foolish as it may seem, she was half inclined to turn round and run away.

"What a silly child I am!" thought she, taking courage. "It is really the most beautiful shrub that ever sprang out of the earth. I will pull it up by the roots, and carry it home, and plant it in my mother's garden."

Holding up her apron full of flowers with her left hand, Proserpina seized the large shrub with the other, and pulled, and pulled, but was hardly able to loosen the soil about its roots. What a deep-rooted plant it was! Again the girl pulled with all her might, and observed that the earth began to stir and crack to some distance around the stem. She gave another pull, but relaxed her hold, fancying that there was a rumbling sound right beneath her feet. Did the roots extend down into some enchanted cavern? Then laughing at herself for so childish a notion, she made another effort: up came the shrub, and Proserpina staggered back, holding the stem triumphantly in her hand, and gazing at the deep hole which its roots had left in the soil.

Much to her astonishment, this hole kept spreading wider and wider, and growing deeper and deeper, until it really seemed to have no bottom; and all the while, there came a rumbling noise out of its depths, louder and louder, and nearer and nearer, and sounding like the tramp of horses' hoofs and the rattling of wheels. Too much frightened to run away, she stood straining her eyes into this wonderful cavity, and soon saw a team of four sable horses, snorting smoke out of their nostrils, and tearing their way out of the earth with a splendid golden chariot whirling at their heels. They leaped out of the bottomless hole, chariot and all; and there they were, tossing their black manes, flourishing their black tails, and curvetting with every one of their hoofs off the ground at once, close by the spot where Proserpina stood. In the chariot sat the figure of a man, richly dressed, with a crown on his head, all flaming with diamonds. He was of a noble aspect, and rather handsome, but looked sullen and discontented; and he kept rubbing his eyes and shading them with his hand, as if he did not live enough in the sunshine to be very fond of its light.

As soon as this personage saw the affrighted Proserpina, he beckoned her to come a little nearer.

"Do not be afraid," said he, with as cheerful a smile as he knew how to put on. "Come! Will you not like to ride a little way with me, in my beautiful chariot?"

But Proserpina was so alarmed, that she wished for nothing but to get out of his reach. And no wonder. The stranger did not look remarkably good-natured, in spite of his smile; and as for his voice, its tones were deep and stern, and sounded as much like the rumbling of an earthquake underground than anything else. As is always the case with children in trouble, Proserpina's first thought was to call for her mother.

"Mother, Mother Ceres!" cried she, all in a tremble. "Come quickly and save me."

But her voice was too faint for her mother to hear. Indeed, it is most probable that Ceres was then a thousand miles off, making the corn grow in some far distant country. Nor could it have availed her poor daughter, even had she been within hearing; for no sooner did Proserpina begin to cry out, than the stranger leaped to the ground, caught the child in his arms, and again mounted the chariot, shook the reins, and shouted to the four black horses to set off. They immediately broke into so swift a gallop, that it seemed rather like flying through the air than running along the earth. In a moment, Proserpina lost sight of the pleasant vale of Enna, in which she had always dwelt. Another instant, and even the summit of Mount Aetna had become so blue in the distance, that she could scarcely distinguish it from the smoke that gushed out of its crater. But still the poor child screamed, and scattered her apron full of flowers along the way, and left a long cry trailing behind the chariot; and many mothers, to whose ears it came, ran quickly to see if any mischief had befallen their children. But Mother Ceres was a great way off, and could not hear the cry.

*As they rode on, the stranger did his best to soothe her.

"Why should you be so frightened, my pretty child?" said he, trying to soften his rough voice. "I promise not to do you any harm. What! you have been gathering flowers? Wait till we come to my palace, and I will give you a garden full of prettier flowers than those, all made of pearls, and diamonds, and rubies. Can you guess who I am? They call my name Pluto; and I am the king of diamonds and all other precious stones. Every atom of the gold and silver that lies under the earth belongs to me, to say nothing of the copper and iron, and of the coal mines, which supply me with abundance of fuel. Do you see this splendid crown upon my head? You may have it for a plaything. O, we shall be very good friends, and you will find me more agreeable than you expect, when once we get out of this troublesome sunshine."

"Let me go home!" cried Proserpina. "Let me go home!"

"My home is better than your mother's," answered King Pluto. "It is a palace, all made of gold, with crystal windows; and because there is little or no sunshine thereabouts, the apartments are illuminated with diamond lamps. You never saw anything half so magnificent as my throne. If you like, you may sit down on it, and be my little queen, and I will sit on the footstool."

"I don't care for golden palaces and thrones," sobbed Proserpina. "Oh, my mother, my mother! Carry me back to my mother!"

---

* 여기서부터 142쪽 중간까지 피천득의 번역에서는 생략되어 있다.

But King Pluto, as he called himself, only shouted to his steeds to go faster.

"Pray do not be foolish, Proserpina," said he, in rather a sullen tone. "I offer you my palace and my crown, and all the riches that are under the earth; and you treat me as if I were doing you an injury. The one thing which my palace needs is a merry little maid, to run upstairs and down, and cheer up the rooms with her smile. And this is what you must do for King Pluto."

"Never!" answered Proserpina, looking as miserable as she could. "I shall never smile again till you set me down at my mother's door."

But she might just as well have talked to the wind that whistled past them, for Pluto urged on his horses, and went faster than ever. Proserpina continued to cry out, and screamed so long and so loudly that her poor little voice was almost screamed away; and when it was nothing but a whisper, she happened to cast her eyes over a great broad field of waving grain-and whom do you think she saw? Who, but Mother Ceres, making the corn grow, and too busy to notice the golden chariot as it went rattling along. The child mustered all her strength, and gave one more scream, but was out of sight before Ceres had time to turn her head.

King Pluto had taken a road which now began to grow excessively gloomy. It was bordered on each side with rocks and precipices, between which the rumbling of the chariot wheels was reverberated with a noise like rolling thunder. The trees and bushes that grew in the crevices of the rocks had very dismal foliage; and by and by, although it was hardly noon, the air became obscured with a gray twilight. The black horses had rushed along so swiftly, that they were already beyond the limits of the sunshine. But the duskier it grew, the more did Pluto's visage assume an air of satisfaction. After all, he was not an ill-looking person, especially when he left off twisting his features into a smile that did not belong to them. Proserpina peeped at his face through the gathering dusk, and hoped that he might not be so very wicked as she at first thought him.

"Ah, this twilight is truly refreshing," said King Pluto, "after being so tormented with that ugly and impertinent glare of the sun. How much more agreeable is lamplight or torchlight, more particularly when reflected from diamonds! It will be a magnificent sight, when we get to my palace."

"Is it much farther?" asked Proserpina. "And will you carry me back when I have seen it?"

"We will talk of that by and by," answered Pluto. "We are just entering my dominions. Do you see that tall gateway before us? When we pass those gates, we are at home. And there lies my faithful mastiff at the threshold. Cerberus! Cerberus! Come hither, my good dog!"

So saying, Pluto pulled at the reins, and stopped the chariot right between the tall, massive pillars of the gateway. The mastiff of which he had spoken got up from the threshold, and stood on his hinder legs, so as to put his fore paws on the chariot wheel. But, my stars, what a strange dog it was! Why, he was a big, rough, ugly-looking monster, with three separate heads, and each of them fiercer than the two others; but fierce as they were, King Pluto patted them all. He seemed as fond of his three-headed dog as if it had been a sweet little spaniel, with silken ears and curly hair. Cerberus, on the other hand, was evidently rejoiced to see his master, and expressed his attachment, as other dogs do, by wagging his tail at a great rate. Proserpina's eyes being drawn to it by its brisk motion, she saw that this tail was neither more nor less than a live dragon, with fiery eyes, and fangs that had a very poisonous aspect. And while the three-headed Cerberus was fawning so lovingly on King Pluto, there was the dragon tail wagging against its will, and looking as cross and ill-natured as you can imagine, on its own separate account.

"Will the dog bite me?" asked Proserpina, shrinking closer to Pluto. "What an ugly creature he is!"

"O, never fear," answered her companion. "He never harms people, unless they try to enter my dominions without being sent for, or to get away when I wish to keep them here. Down, Cerberus! Now, my pretty Proserpina, we will drive on."

On went the chariot, and King Pluto seemed greatly pleased to find himself once more in his own kingdom. He drew Proserpina's attention to the rich veins of gold that were to be seen among the rocks, and pointed to several places where one stroke of a pickaxe would loosen a bushel of diamonds. All along the road, indeed, there were sparkling gems, which would have been of inestimable value above ground, but which here were reckoned of the meaner sort and hardly worth a beggar's stooping for.

Not far from the gateway, they came to a bridge, which seemed to be built of iron. Pluto stopped the chariot, and bade Proserpina look at the stream which was gliding so lazily beneath it. Never in her life had she beheld so torpid, so black, so muddy-looking a stream; its waters reflected no images of anything that was on the banks, and it moved as sluggishly as if it had quite forgotten which way it ought to flow, and had rather stagnate than flow either one way or the other.

"This is the River Lethe," observed King Pluto. "Is it not a very pleasant stream?"

"I think it a very dismal one," answered Proserpina.

"It suits my taste, however," answered Pluto, who was apt to be sullen when anybody disagreed with him. "At all events, its water has one excellent quality; for a single draught of it makes people forget every care and sorrow that has hitherto tormented them. Only sip a little of it, my dear Proserpina, and you will instantly cease to grieve for your mother, and will have nothing in your memory that can prevent your being perfectly happy in my palace. I will send for some, in a golden goblet, the moment we arrive."

"O, no, no, no!" cried Proserpina, weeping afresh. "I had a thousand times rather be miserable with remembering my mother, than be happy in forgetting her. That dear, dear mother! I never, never will forget her."

"We shall see," said King Pluto. "You do not know what fine times we will have in my palace. Here we are just at the portal. These pillars are solid gold, I assure you."

He alighted from the chariot, and taking Proserpina in his arms, carried her up a lofty flight of steps into the great hall of the palace. It was splendidly illuminated by means of large precious stones, of various hues, which seemed to burn like so many lamps, and glowed with a hundred-fold radiance all through the vast apartment. And yet there was a kind of gloom in the midst of this enchanted light; nor was there a single object in the hall that was really agreeable to behold, except the little Proserpina herself, a lovely child, with one earthly flower which she had not let fall from her hand. It is my opinion that even King Pluto had never been happy in his palace, and that this was the true reason why he had stolen away Proserpina, in order that he might have something to love, instead of cheating his heart any longer with this tiresome magnificence. And, though he pretended to dislike the sunshine of the upper world, yet the effect of the child's presence, bedimmed as she was by her tears, was as if a faint and watery sunbeam had somehow or other found its way into the enchanted hall.

Pluto now summoned his domestics, and bade them lose no time in preparing a most sumptuous banquet, and above all things, not to fail of setting a golden beaker of the water of Lethe by Proserpina's plate.

"I will neither drink that nor anything else," said Proserpina. "Nor will I taste a morsel of food, even if you keep me forever in your palace."

"I should be sorry for that," replied King Pluto, patting her cheek; for he really wished to be kind, if he had only known how. "You are a spoiled child, I perceive, my little Proserpina; but when you see the nice things which my cook will make for you, your appetite will quickly come again."

Then, sending for the head cook, he gave strict orders that all sorts of delicacies, such as young people are usually fond of, should be set before Proserpina. He had a secret motive in this; for, you are to understand, it is a fixed law, that when persons are carried off to the land of magic, if they once taste any food there, they can never get back to their friends. Now, if King Pluto had been cunning enough to offer Proserpina some fruit, or bread and milk (which was the simple fare to which the child had always been accustomed), it is very probable that she would soon have been tempted to eat it. But he left the matter entirely to his cook, who, like all other cooks, considered nothing fit to eat unless it were rich pastry, or highly-seasoned meat, or spiced sweet cakes-things which Proserpina's mother had never given her, and the smell of which quite took away her appetite, instead of sharpening it.

But my story must now clamber out of King Pluto's dominions, and see what Mother Ceres had been about, since she was bereft of her daughter. We had a glimpse of her, as you remember, half hidden among the waving grain, while the four black steeds were swiftly whirling along the chariot, in which her beloved Proserpina was so unwillingly borne away. You recollect, too, the loud scream which Proserpina gave, just when the chariot was out of sight.

*Of all the child's outcries, this last shriek was the only one that reached the ears of Mother Ceres. She had mistaken the rumbling of the chariot wheels for a peal of thunder, and imagined that a shower was

---

* 피천득의 번역은 여기에서부터 다시 시작된다.

coming up, and that it would assist her in making the corn grow. But, at the sound of Proserpina's shriek, she started, and looked about in every direction, not knowing whence it came, but feeling almost certain that it was her daughter's voice. It seemed so unaccountable, however, that the girl should have strayed over so many lands and seas (which she herself could not have traversed without the aid of her winged dragons), that the good Ceres tried to believe that it must be the child of some other parent, and not her own darling Proserpina, who had uttered this lamentable cry. Nevertheless, it troubled her with a vast many tender fears, such as are ready to bestir themselves in every mother's heart, when she finds it necessary to go away from her dear children without leaving them under the care of some maiden aunt, or other such faithful guardian. So she quickly left the field in which she had been so busy; and, as her work was not half done, the grain looked, next day, as if it needed both sun and rain, and as if it were blighted in the ear, and had something the matter with its roots.

The pair of dragons must have had very nimble wings; for, in less than an hour, Mother Ceres had alighted at the door of her home, and found it empty. Knowing, however, that the child was fond of sporting on the sea shore, she hastened thither as fast as she could, and there beheld the wet faces of the poor sea nymphs peeping over a wave. All this while, the good creatures had been waiting on the bank of sponge, and once, every half minute or so, had popped up their four heads above water, to see if their playmate were yet coming back. When they saw Mother Ceres, they sat down on the crest of the surf wave, and let it toss them ashore at her feet.

"Where is Proserpina?" cried Ceres. "Where is my child? Tell me, you naughty sea nymphs, have you enticed her under the sea?"

"O, no, good Mother Ceres," said the innocent sea nymphs, tossing back their green ringlets, and looking her in the face. "We never should dream of such a thing. Proserpina has been at play with us, it is true; but she left us a long while ago, meaning only to run a little way upon the dry land, and gather some flowers for a wreath. This was early in the day, and we have seen nothing of her since."

Ceres scarcely waited to hear what the nymphs had to say, before she hurried off to make inquiries all through the neighborhood. But nobody told her anything that would enable the poor mother to guess what had become of Proserpina. A fisherman, it is true, had noticed her little footprints in the sand, as he went homeward along the beach with a basket of fish; a rustic had seen the child stooping to gather flowers; several persons had heard either the rattling of chariot wheels, or the rumbling of distant thunder; and one old woman, while plucking vervain and catnip, had heard a scream, but supposed it to be some childish nonsense, and therefore did not take the trouble to look up. The stupid people! It took them such a tedious while to tell the nothing that they knew, that it was dark night before Mother Ceres found out that she must seek her daughter elsewhere. So she lighted a torch, and set forth, resolving never to come back until Proserpina was discovered.

In her haste and trouble of mind, she quite forgot her car and the winged dragons; or, it may be, she thought that she could follow up the search more thoroughly on foot. At all events, this was the way in which she began her sorrowful journey, holding her torch before her, and looking carefully at every object along the path. And as it happened, she had not gone far before she found one of the magnificent flowers which grew on the shrub that Proserpina had pulled up.

"Ha!" thought Mother Ceres, examining it by torchlight. "Here is mischief in this flower! The earth did not produce it by any help of mine, nor of its own accord. It is the work of enchantment, and is therefore poisonous; and perhaps it has poisoned my poor child."

But she put the poisonous flower in her bosom, not knowing whether she might ever find any other memorial of Proserpina.

*All night long, at the door of every cottage and farmhouse, Ceres knocked, and called up the weary laborers to inquire if they had seen her child; and they stood, gaping and half asleep, at the threshold, and answered her pityingly, and besought her to come in and rest. At the portal of every palace, too, she made so loud a summons that the menials hurried to throw open the gate, thinking that it must be some great king or queen, who would demand a banquet for supper and a stately chamber to repose in. And when they saw only a sad and anxious woman, with a torch in her hand and a wreath of withered poppies on her head, they

---

* 여기에서부터 151쪽 아래까지 번역이 생략되어있다.

spoke rudely, and sometimes threatened to set the dogs upon her. But nobody had seen Proserpina, nor could give Mother Ceres the least hint which way to seek her. Thus passed the night; and still she continued her search without sitting down to rest, or stopping to take food, or even remembering to put out the torch although first the rosy dawn, and then the glad light of the morning sun, made its red flame look thin and pale. But I wonder what sort of stuff this torch was made of; for it burned dimly through the day, and, at night, was as bright as ever, and never was extinguished by the rain or wind, in all the weary days and nights while Ceres was seeking for Proserpina.

It was not merely of human beings that she asked tidings of her daughter. In the woods and by the streams, she met creatures of another nature, who used, in those old times, to haunt the pleasant and solitary places, and were very sociable with persons who understood their language and customs, as Mother Ceres did. Sometimes, for instance, she tapped with her finger against the knotted trunk of a majestic oak; and immediately its rude bark would cleave asunder, and forth would step a beautiful maiden, who was the hamadryad of the oak, dwelling inside of it, and sharing its long life, and rejoicing when its green leaves sported with the breeze. But not one of these leafy damsels had seen Proserpina. Then, going a little farther, Ceres would, perhaps, come to a fountain, gushing out of a pebbly hollow in the earth, and would dabble with her hand in the water. Behold, up through its sandy and pebbly bed, along with the fountain's gush, a young woman with dripping hair would arise, and stand gazing at Mother Ceres, half out of the water, and undulating up and down with its ever-restless motion. But when the mother asked whether her poor lost child had stopped to drink out of the fountain, the naiad, with weeping eyes (for these water-nymphs had tears to spare for everybody's grief), would answer "No!" in a murmuring voice, which was just like the murmur of the stream.

Often, likewise, she encountered fauns, who looked like sunburnt country people, except that they had hairy ears, and little horns upon their foreheads, and the hinder legs of goats, on which they gamboled merrily about the woods and fields. They were a frolicsome kind of creature but grew as sad as their cheerful dispositions would allow, when Ceres inquired for her daughter, and they had no good news to tell. But sometimes she same suddenly upon a rude gang of satyrs, who had faces like monkeys, and horses' tails behind them, and who were generally dancing in a very boisterous manner, with shouts of noisy laughter. When she stopped to question them, they would only laugh the louder, and make new merriment out of the lone woman's distress. How unkind of those ugly satyrs! And once, while crossing a solitary sheep pasture, she saw a personage named Pan, seated at the foot of a tall rock, and making music on a shepherd's flute. He, too, had horns, and hairy ears, and goats' feet; but, being acquainted with Mother Ceres, he answered her question as civilly as he knew how, and invited her to taste some milk and honey out of a wooden bowl. But neither could Pan tell her what had become of Proserpina, any better than the rest of these wild people.

And thus Mother Ceres went wandering about for nine long days and nights, finding no trace of Proserpina, unless it were now and then a withered flower; and these she picked up and put in her bosom, because she fancied that they might have fallen from her poor child's hand. All day she traveled onward through the hot sun; and, at night again, the flame of the torch would redden and gleam along the pathway, and she continued her search by its light, without ever sitting down to rest.

On the tenth day, she chanced to espy the mouth of a cavern within which (though it was bright noon everywhere else) there would have been only a dusky twilight; but it so happened that a torch was burning there. It flickered, and struggled with the duskiness, but could not half light up the gloomy cavern with all its melancholy glimmer. Ceres was resolved to leave no spot without a search; so she peeped into the entrance of the cave, and lighted it up a little more, by holding her own torch before her. In so doing, she caught a glimpse of what seemed to be a woman, sitting on the brown leaves of the last autumn, a great heap of which had been swept into the cave by the wind. This woman (if woman it were) was by no means so beautiful as many of her sex; for her head, they tell me, was shaped very much like a dog's, and, by way of ornament, she wore a wreath of snakes around it. But Mother Ceres, the moment she saw her, knew that this was an odd kind of a person, who put all her enjoyment in being miserable, and never would have a word to say to other people, unless they were as melancholy and wretched as she herself delighted to be.

"I am wretched enough now," thought poor Ceres, "to talk with this melancholy Hecate, were she ten times sadder than ever she was yet." So she stepped into the cave, and sat down on the withered leaves by the dog-headed woman's side. In all the world, since her daughter's loss, she had found no other companion.

"O Hecate," said she, "if ever you lose a daughter, you will know what sorrow is. Tell me, for pity's sake, have you seen my poor child Proserpina pass by the mouth of your cavern?"

"No," answered Hecate, in a cracked voice, and sighing betwixt every word or two; "no, Mother Ceres, I have seen nothing of your daughter. But my ears, you must know, are made in such a way, that all cries of distress and affright all over the world are pretty sure to find their way to them; and nine days ago, as I sat in my cave, making myself very miserable, I heard the voice of a young girl, shrieking as if in great distress. Something terrible has happened to the child, you may rest assured. As well as I could judge, a dragon, or some other cruel monster, was carrying her away."

"You kill me by saying so," cried Ceres, almost ready to faint. "Where was the sound, and which way did it seem to go?"

"It passed very swiftly along," said Hecate, "and, at the same time, there was a heavy rumbling of wheels towards the eastward. I can tell you nothing more, except that, in my honest opinion, you will never see your daughter again. The best advice I can give you is, to take up your abode in this cavern, where we will be the two most wretched women in the world."

"Not yet, dark Hecate," replied Ceres. "But do you first come with your torch, and help me to seek for my lost child. And when there shall be no more hope of finding her (if that black day is ordained to come), then, if you will give me room to fling myself down, either on these withered leaves or on the naked rock, I will show what it is to be miserable. But, until I know that she has perished from the face of the earth, I will not allow myself space even to grieve."

The dismal Hecate did not much like the idea of going abroad into the sunny world. But then she reflected that the sorrow of the disconsolate Ceres would be like a gloomy twilight round about them both, let the sun shine ever so brightly, and that therefore she might enjoy her bad spirits quite as well as if she were to stay in the cave. So she finally consented to go, and they set out together, both carrying torches, although it was broad daylight and clear sunshine. The torchlight seemed to make a gloom; so that the people whom they met, along the road, could not very distinctly see their figures; and, indeed, if they once caught a glimpse of Hecate, with the wreath of snakes round her forehead, they generally thought it prudent to run away, without waiting for a second glance.

As the pair traveled along in this woebegone manner, a thought struck Ceres.

"There is one person," she exclaimed, "who must have seen my poor child, and can doubtless tell what has become of her. Why did not I think of him before? It is Phoebus."

"What," said Hecate, "the young man that always sits in the sunshine? O, pray do not think of going near him. He is a gay, light, frivolous young fellow, and will only smile in your face. And besides, there is such a glare of the sun about him, that he will quite blind my poor eyes, which I have almost wept away already."

"You have promised to be my companion," answered Ceres. "Come, let us make haste, or the sunshine will be gone, and Phoebus along with it."

Accordingly, they went along in quest of Phoebus, both of them sighing grievously, and Hecate, to say the truth, making a great deal worse lamentation than Ceres; for all the pleasure she had, you know, lay in being miserable, and therefore she made the most of it. By and by, after a pretty long journey, they arrived at the sunniest spot in the whole world. There they beheld a beautiful young man, with long, curling ringlets, which seemed to be made of golden sunbeams; his garments were like light summer clouds; and the expression of his face was so exceedingly vivid, that Hecate held her hands before her eyes, muttering that he ought to wear a black veil. Phoebus (for this was the very person whom they were seeking) had a lyre in his hands, and was making its chords tremble with sweet music; at the same time singing a most exquisite song, which he had recently composed. For, beside a great many other accomplishments, this young man was renowned for his admirable poetry.

As Ceres and her dismal companion approached him, Phoebus smiled on them so cheerfully that Hecate's wreath of snakes gave a spiteful hiss, and Hecate heartily wished herself back in her cave. But as for Ceres, she was too earnest in her grief either to know or care whether Phoebus smiled or frowned.

*"Phoebus!" exclaimed she, "I am in great trouble, and have come to you for assistance. Can you tell me what has become of my dear child Proserpina?"

"Proserpina! Proserpina, did you call her name?" answered Phoebus, endeavoring to recollect; for there was such a continual flow of pleasant ideas in his mind, that he was apt to forget what had happened no longer ago than yesterday. "Ah, yes, I remember her now. A very lovely child, indeed. I am happy to tell you, my dear madam, that I did see the little Proserpina not many days ago. You may make yourself perfectly easy about her. She is safe, and in excellent hands."

"O, where is my dear child?" cried Ceres, clasping her hands, and flinging herself at his feet.

"Why," said Phoebus-and as he spoke he kept touching his lyre so as to make a thread of music run in and out among his words-"as the little damsel was gathering flowers (and she has really a very exquisite taste for flowers), she was suddenly snatched up by King Pluto, and carried off to his dominions. I have never been in that part of the universe; but the royal palace, I am told, is built in a very noble style of architecture, and of the most splendid and costly materials. Gold, diamonds, pearls, and

---

* 여기서부터 피천득의 번역이 다시 계속된다.

all manner of precious stones will be your daughter's ordinary playthings. I recommend to you, my dear lady, to give yourself no uneasiness. Proserpina's sense of beauty will be duly gratified, and even in spite of the lack of sunshine, she will lead a very enviable life."

"Hush! Say not such a word!" answered Ceres, indignantly. "What is there to gratify her heart? What are all the splendors you speak of without affection? I must have her back again. Will you go with me you go with me, Phoebus, to demand my daughter of this wicked Pluto?"

"Pray excuse me," replied Phoebus, with an elegant obeisance. "I certainly wish you success, and regret that my own affairs are so immediately pressing that I cannot have the pleasure of attending you. Besides, I am not upon the best of terms with King Pluto. To tell you the truth, his three-headed mastiff would never let me pass the gateway; for I should be compelled to take a sheaf of sunbeams along with me, and those, you know, are forbidden things in Pluto's kingdom."

*"Ah, Phoebus," said Ceres, with bitter meaning in her words, "you have a harp instead of a heart. Farewell."

"Will not you stay a moment," asked Phoebus, "and hear me turn the pretty and touching story of Proserpina into extemporary verses?"

But Ceres shook her head, and hastened away, along with Hecate. Phoebus (who, as I have told you, was an exquisite poet) forthwith began to make an ode about the poor mother's grief; and, if we were to judge of

---

* 여기서부터 158쪽 아래까지 번역이 생략되어 있다.

his sensibility by this beautiful production, he must have been endowed with a very tender heart. But when a poet gets into the habit of using his heartstrings to make chords for his lyre, he may thrum upon them as much as he will, without any great pain to himself. Accordingly, though Phoebus sang a very sad song, he was as merry all the while as were the sunbeams amid which he dwelt.

Poor Mother Ceres had now found out what had become of her daughter, but was not a whit happier than before. Her case, on the contrary, looked more desperate than ever. As long as Proserpina was above ground, there might have been hopes of regaining her. But now that the poor child was shut up within the iron gates of the king of the mines, at the threshold of which lay the three-headed Cerberus, there seemed no possibility of her ever making her escape. The dismal Hecate, who loved to take the darkest view of things, told Ceres that she had better come with her to the cavern, and spend the rest of her life in being miserable. Ceres answered, that Hecate was welcome to go back thither herself, but that, for her part, she would wander about the earth in quest of the entrance to King Pluto's dominions. And Hecate took her at her word, and hurried back to her beloved cave, frightening a great many little children with a glimpse of her dog's face as she went.

Poor Mother Ceres! It is melancholy to think of her, pursuing her toilsome way, all alone, and holding up that never-dying torch, the flame of which seemed an emblem of the grief and hope that burned together in her heart.

So much did she suffer, that, though her aspect had been quite youthful when her troubles began, she grew to look like an elderly person in a very brief time. She cared not how she was dressed, nor had she ever thought of flinging away the wreath of withered poppies, which she put on the very morning of Proserpina's disappearance. She roamed about in so wild a way, and with her hair so disheveled, that people took her for some distracted creature, and never dreamed that this was Mother Ceres, who had the oversight of every seed which the husbandman planted. Nowadays, however, she gave herself no trouble about seed time nor harvest, but left the farmers to take care of their own affairs, and the crops to fade or flourish, as the case might be. There was nothing, now, in which Ceres seemed to feel an interest, unless when she saw children at play, or gathering flowers along the wayside. Then, indeed, she would stand and gaze at them with tears in her eyes. The children, too, appeared to have a sympathy with her grief, and would cluster themselves in a little group about her knees, and look up wistfully in her face; and Ceres, after giving them a kiss all round, would lead them to their homes, and advise their mothers never to let them stray out of sight.

"For if they do," said she, "it may happen to you, as it has to me, that the iron-hearted King Pluto will take a liking to your darlings, and snatch them up in his chariot, and carry them away."

One day, during her pilgrimage in quest of the entrance to Pluto's kingdom, she came to the palace of King Cereus, who reigned at Eleusis. Ascending a lofty flight of steps, she entered the portal, and found the royal household in very great alarm about the queen's baby. The infant, it seems, was sickly (being troubled with its teeth, I suppose), and would take no food, and was all the time moaning with pain. The queen-her name was Metanira-was desirous of funding a nurse; and when she beheld a woman of matronly aspect coming up the palace steps, she thought, in her own mind, that here was the very person whom she needed. So Queen Metanira ran to the door, with the poor wailing baby in her arms, and besought Ceres to take charge of it, or, at least, to tell her what would do it good.

"Will you trust the child entirely to me?" asked Ceres.

"Yes, and gladly, too," answered the queen, "if you will devote all your time to him. For I can see that you have been a mother."

"You are right," said Ceres. "I once had a child of my own. Well; I will be the nurse of this poor, sickly boy. But beware, I warn you, that you do not interfere with any kind of treatment which I may judge proper for him. If you do so, the poor infant must suffer for his mother's folly."

Then she kissed the child, and it seemed to do him good; for he smiled and nestled closely into her bosom.

So Mother Ceres set her torch in a corner (where it kept burning all the while), and took up her abode in the palace of King Cereus, as nurse to the little Prince Demophoon. She treated him as if he were her own child, and allowed neither the king nor the queen to say whether he should be bathed in warm or cold water, or what he should eat, or how often he should take the air, or when he should be put to bed. You would hardly believe me, if I were to tell how quickly the baby prince got rid of his ailments, and grew fat, and rosy, and strong, and how he had two rows of ivory teeth in less time than any other little fellow, before or since. Instead of the palest, and wretchedest, and puniest imp in the world (as his own mother confessed him to be, when Ceres first took him in charge), he was now a strapping baby, crowing, laughing, kicking up his heels, and rolling from one end of the room to the other. All the good women of the neighborhood crowded to the palace, and held up their hands, in unutterable amazement, at the beauty and wholesomeness of this darling little prince. Their wonder was the greater, because he was never seen to taste any food; not even so much as a cup of milk.

"Pray, nurse," the queen kept saying, "how is it that you make the child thrive so?"

"I was a mother once," Ceres always replied; "and having nursed my own child, I know what other children need."

But Queen Metanira, as was very natural, had a great curiosity to know precisely what the nurse did to her child. One night, therefore, she hid herself in the chamber where Ceres and the little prince were accustomed to sleep. There was a fire in the chimney, and it had now crumbled into great coals and embers, which lay glowing on the hearth, with a blaze flickering up now and then, and flinging a warm and ruddy light upon the walls. Ceres sat before the hearth with the child in her lap, and the firelight making her shadow dance upon the ceiling overhead. She undressed the little prince, and bathed him all over with some fragrant liquid out of a vase. The next thing she did was to rake back the red embers, and make a hollow place among them, just where the backlog had been. At last, while the baby was crowing, and clapping its fat little hands, and laughing in the nurse's face (just as you may have seen your little brother or sister do before going into its warm bath), Ceres suddenly laid him, all naked as he was, in the hollow among the red-hot embers. She then raked the ashes over him, and turned quietly away.

You may imagine, if you can, how Queen Metanira shrieked, thinking nothing less than that her dear child would be burned to a cinder. She burst forth from her hiding place, and running to the hearth, raked open the fire, and snatched up poor little Prince Demophoon out of his bed of live coals, one of which he was gripping in each of his fists. He immediately set up a grievous cry, as babies are apt to do, when rudely startled out of a sound sleep. To the queen's astonishment and joy, she could perceive no token of the child's being injured by the hot fire in which he had lain. She now turned to Mother Ceres, and asked her to explain the mystery.

"Foolish woman," answered Ceres, "did you not promise to intrust this poor infant entirely to me? You little know the mischief you have done him. Had you left him to my care, he would have grown up like a child of celestial birth, endowed with superhuman strength and intelligence, and would have lived forever. Do you imagine that earthly children are to become immortal without being tempered to it in the fiercest heat of the fire? But you have ruined your own son. For though he will be a strong man and a hero in his day, yet, on account of your folly, he will grow old, and finally die, like the sons of other women. The weak tenderness of his mother has cost the poor boy an immortality. Farewell."

Saying these words, she kissed the little Prince Demophoon, and sighed to think what he had lost, and took her departure without heeding Queen Metanira, who entreated her to remain, and cover up the child among the hot embers as often as she pleased. Poor baby! He never slept so warmly again.

While she dwelt in the king's palace, Mother Ceres had been so continually occupied with taking care of the young prince, that her heart was a little lightened of its grief for Proserpina. But now, having nothing else to busy herself about, she became just as wretched as before. *At length, in her despair, she came to the dreadful resolution that not a stalk of grain, nor a blade of grass, not a potato, nor a turnip, nor any other vegetable that was good for man or beast to eat, should be suffered to grow until her daughter were restored. She even forbade the flowers to bloom, lest somebody's heart should be cheered by their beauty.

Now, as not so much as a head of asparagus ever presumed to poke itself out of the ground, without the especial permission of Ceres, you may conceive what a terrible calamity had here fallen upon the earth. The husbandmen plowed and planted as usual; but there lay the rich black furrows, all as barren as a desert of sand. The pastures looked as brown

---

* 여기에서부터 피천득의 번역이 다시 계속된다.

in the sweet month of June as ever they did in chill November. The rich man's broad acres and the cottager's small garden patch were equally blighted. Every little girl's flower bed showed nothing but dry stalks. The old people shook their white heads, and said that the earth had grown aged like themselves, and was no longer capable of wearing the warm smile of summer on its face. It was really piteous to see the poor, starving cattle and sheep, how they followed behind Ceres, lowing and bleating, as if their instinct taught them to expect help from her; and everybody that was acquainted with her power besought her to have mercy on the human race, and, at all events, to let the grass grow. But Mother Ceres, though naturally of an affectionate disposition, was now inexorable.

"Never," said she. "If the earth is ever again to see any verdure, it must first grow along the path which my daughter will tread in coming back to me."

Finally, as there seemed to be no other remedy, our old friend Quicksilver was sent post-haste to King Pluto, in hopes that he might be persuaded to undo the mischief he had done, and to set everything right again, by giving up Proserpina. Quicksilver accordingly made the best of his way to the great gate, took a flying leap right over the three-headed mastiff, and stood at the door of the palace in an inconceivably short time. The servants knew him both by his face and garb; for his short cloak, and his winged cap and shoes, and his snaky staff had often been seen thereabouts in times gone by. He requested to be shown immediately into the king's presence; and Pluto, who heard his voice from the top of the stairs, and who loved to recreate himself with Quicksilver's merry talk, called out to him to come up. And while they settle their business together, we must inquire what Proserpina had been doing ever since we saw her last.

The child had declared, as you may remember, that she would not taste a mouthful of food as long as she should be compelled to remain in King Pluto's palace. How she contrived to maintain her resolution, and at the same time to keep herself tolerably plump and rosy, is more than I can explain; but some young ladies, I am given to understand, possess the faculty of living on air, and Proserpina seems to have possessed it too. At any rate, it was now six months since she left the outside of the earth; and not a morsel, so far as the attendants were able to testify, had yet passed between her teeth. This was the more creditable to Proserpina, inasmuch as King Pluto had caused her to be tempted day by day, with all manner of sweetmeats, and richly-preserved fruits, and delicacies of every sort, such as young people are generally most fond of. But her good mother had often told her of the hurtfulness of these things; and for that reason alone, if there had been no other, she would have resolutely refused to taste them.

All this time, being of a cheerful and active disposition, the little damsel was not quite so unhappy as you may have supposed. The immense palace had a thousand rooms, and was full of beautiful and wonderful objects. There was a never-ceasing gloom, it is true, which half hid itself among the innumerable pillars, gliding before the child as she wandered among them, and treading stealthily behind her in the echo of her footsteps. Neither was all the dazzle of the precious stones, which flamed with their own light, worth one gleam of natural sunshine; nor could the most brilliant of the many-colored gems, which Proserpina had for playthings, vie with the simple beauty of the flowers she used to gather. But still, whenever the girl went among those gilded halls and chambers, it seemed as if she carried nature and sunshine along with her, and as if she scattered dewy blossoms on her right hand and on her left. After Proserpina came, the palace was no longer the same abode of stately artifice and dismal magnificence that it had before been. The inhabitants all felt this, and King Pluto more than any of them.

"My own little Proserpina," he used to say. "I wish you could like me a little better. We gloomy and cloudy-natured persons have often as warm hearts, at bottom, as those of a more cheerful character. If you would only stay with me of your own accord, it would make me happier than the possession of a hundred such palaces as this."

"Ah," said Proserpina, "you should have tried to make me like you before carrying me off. And the best thing you can now do is, to let me go again. Then I might remember you sometimes, and think that you were as kind as you knew how to be. Perhaps, too, one day or other, I might come back, and pay you a visit."

"No, no," answered Pluto, with his gloomy smile, "I will not trust you for that. You are too fond of living in the broad daylight, and gathering flowers. What an idle and childish taste that is! Are not these gems, which I have ordered to be dug for you, and which are richer than any in my crown-are they not prettier than a violet?"

"Not half so pretty," said Proserpina, snatching the gems from Pluto's hand, and flinging them to the other end of the hall. "O my sweet violets, shall I never see you again?"

And then she burst into tears. But young people's tears have very little saltness or acidity in them, and do not inflame the eyes so much as those of grown persons; so that it is not to be wondered at, if, a few moments afterwards, Proserpina was sporting through the hall almost as merrily as she and the four sea nymphs had sported along the edge of the surf wave. King Pluto gazed after her, and wished that he, too, was a child. And little Proserpina, when she turned about, and beheld this great king standing in his splendid hall, and looking so grand, and so melancholy, and so lonesome, was smitten with a kind of pity. She ran back to him, and, for the first time in all her life, put her small, soft hand in his.

"I love you a little," whispered she, looking up in his face.

"Do you, indeed, my dear child?" cried Pluto, bending his dark face down to kiss her; but Proserpina shrank away from the kiss, for, though his features were noble, they were very dusky and grim. "Well, I have not deserved it of you, after keeping you a prisoner for so many months, and starving you besides. Are you not terribly hungry? Is there nothing which I can get you to eat?"

In asking this question, the king of the mines had a very cunning purpose; for, you will recollect, if Proserpina tasted a morsel of food in his dominions, she would never afterwards be at liberty to quit them.

"No indeed," said Proserpina. "Your head cook is always baking, and stewing, and roasting, and rolling out paste, and contriving one dish or another, which he imagines may be to my liking. But he might just as well save himself the trouble, poor, fat little man that he is. I have no appetite for anything in the world, unless it were a slice of bread, of my mother's own baking, or a little fruit out of her garden."

When Pluto heard this, he began to see that he had mistaken the best method of tempting Proserpina to eat. The cook's made dishes and artificial dainties were not half so delicious, in the good child's opinion, as the simple fare to which Mother Ceres had accustomed her. Wondering that he had never thought of it before, the king now sent one of his trusty attendants with a large basket, to get some of the finest and juiciest pears, peaches, and plums which could anywhere be found in the upper world. Unfortunately, however, this was during the time when Ceres had forbidden any fruits or vegetables to grow; and, after seeking all over the earth, King Pluto's servant found only a single pomegranate, and that so dried up as not to be worth eating. Nevertheless, since there was no better to be had, he brought this dry, old withered pomegranate home to the palace, put it on a magnificent golden salver, and carried it up to Proserpina. Now, it happened, curiously enough, that, just as the servant was bringing the pomegranate into the back door of the palace, our friend Quicksilver had gone up the front steps, on his errand to get Proserpina away from King Pluto.

As soon as Proserpina saw the pomegranate on the golden salver, she told the servant he had better take it away again.

"I shall not touch it, I assure you," said she. "If I were ever so hungry, I should never think of eating such a miserable, dry pomegranate as that."

"It is the only one in the world," said the servant.

He set down the golden salver, with the wizened pomegranate upon it, and left the room. When he was gone, Proserpina could not help coming close to the table, and looking at this poor specimen of dried fruit with a great deal of eagerness; for, to say the truth, on seeing something that suited her taste, she felt all the six months' appetite taking possession of her at once. To be sure, it was a very wretched looking pomegranate, and seemed to have no more juice in it than an oyster shell. But there was no choice of such things in King Pluto's palace. This was the first fruit she had seen there, and the last she was ever likely to see; and unless she ate it up immediately, it would grow drier than it already was, and be wholly unfit to eat.

"At least, I may smell it," thought Proserpina.

So she took up the pomegranate, and applied it to her nose; and, somehow or other, being in such close neighborhood to her mouth, the fruit found its way into that little red cave. Dear me! what an everlasting pity! Before Proserpina knew what she was about, her teeth had actually bitten it, of their own accord. Just as this fatal deed was done, the door of the apartment opened, and in came King Pluto, followed by Quicksilver, who had been urging him to let his little prisoner go. At the first noise of their entrance, Proserpina withdrew the pomegranate from her mouth. But Quicksilver (whose eyes were very keen, and his wits the sharpest that ever anybody had) perceived that the child was a little confused; and seeing the empty salver, he suspected that she had been taking a sly nibble of something or other. As for honest Pluto, he never guessed at the secret.

"My little Proserpina," said the king, sitting down, and affectionately drawing her between his knees, "here is Quicksilver, who tells me that a great many misfortunes have befallen innocent people on account of my detaining you in my dominions. To confess the truth, I myself had already reflected that it was an unjustifiable act to take you away from your good mother. But, then, you must consider, my dear child, that this vast palace is apt to be gloomy (although the precious stones certainly shine very bright), and that I am not of the most cheerful disposition, and that therefore it was a natural thing enough to seek for the society of some merrier creature than myself. I hoped you would take my crown for a plaything, and me-ah, you laugh, naughty Proserpina-me, grim as I am, for a playmate. It was a silly expectation."

"Not so extremely silly," whispered Proserpina. "You have really amused me very much, sometimes."

"Thank you," said King Pluto, rather dryly. "But I can see plainly enough, that you think my palace a dusky prison, and me the iron-hearted keeper of it. And an iron heart I should surely have, if I could detain you here any longer, my poor child, when it is now six months since you tasted food. I give you your liberty. Go with Quicksilver. Hasten home to your dear mother."

Now, although you may not have supposed it, Proserpina found it impossible to take leave of poor King Pluto without some regrets, and a good deal of compunction for not telling him about the pomegranate. She even shed a tear or two, thinking how lonely and cheerless the great palace would seem to him, with all its ugly glare of artificial light, after she herself-his one little ray of natural sunshine, whom he had stolen, to be sure, but only because he valued her so much-after she should have departed. I know not how many kind things she might have said to the disconsolate king of the mines, had not Quicksilver hurried her way.

"Come along quickly," whispered he in her ear, "or his majesty may change his royal mind. And take care, above all things, that you say nothing of what was brought you on the golden salver."

In a very short time, they had passed the great gateway (leaving the three-headed Cerberus, barking, and yelping, and growling, with threefold din, behind them), and emerged upon the surface of the earth. It was delightful to behold, as Proserpina hastened along, how the path grew verdant behind and on either side of her. Wherever she set her blessed foot, there was at once a dewy flower. The violets gushed up along the wayside. The grass and the grain began to sprout with tenfold vigor and luxuriance, to make up for the dreary months that had been wasted in barrenness. The starved cattle immediately set to work grazing, after their long fast, and ate enormously, all day, and got up at midnight to eat more.

But I can assure you it was a busy time of year with the farmers, when they found the summer coming upon them with such a rush. Nor must I forget to say, that all the birds in the whole world hopped about upon the newly blossoming trees, and sang together, in a prodigious ecstasy of joy.

Mother Ceres had returned to her deserted home, and was sitting disconsolately on the doorstep, with her torch burning in her hand. She had been idly watching the flame for some moments past, when, all at once, it flickered and went out.

"What does this mean?" thought she. "It was an enchanted torch, and should have kept burning till my child came back."

Lifting her eyes, she was surprised to see a sudden verdure flashing over the brown and barren fields, exactly as you may have observed a golden hue gleaming far and wide across the landscape, from the just risen sun.

"Does the earth disobey me?" exclaimed Mother Ceres, indignantly. "Does it presume to be green, when I have bidden it be barren, until my daughter shall be restored to my arms?"

"Then open your arms, dear mother," cried a well-known voice, "and take your little daughter into them."

And Proserpina came running, and flung herself upon her mother's bosom. Their mutual transport is not to be described. The grief of their separation had caused both of them to shed a great many tears; and now they shed a great many more, because their joy could not so well express itself in any other way.

When their hearts had grown a little more quiet, Mother Ceres looked anxiously at Proserpina.

"My child," said she, "did you taste any food while you were in King Pluto's palace?"

"Dearest mother," exclaimed Proserpina, "I will tell you the whole truth. Until this very morning, not a morsel of food had passed my lips. But to-day, they brought me a pomegranate (a very dry one it was, and all shriveled up, till there was little left of it but seeds and skin), and having seen no fruit for so long a time, and being faint with hunger, I was tempted just to bite it. The instant I tasted it, King Pluto and Quicksilver came into the room. I had not swallowed a morsel; but-dear mother, I hope it was no harm-but six of the pomegranate seeds, I am afraid, remained in my mouth."

"Ah, unfortunate child, and miserable me!" exclaimed Ceres. "For each of those six pomegranate seeds you must spend one month of every year in King Pluto's palace. You are but half restored to your mother. Only six months with me, and six with that good for nothing King of Darkness!"

"Do not speak so harshly of poor King Pluto," said Prosperina, kissing her mother. "He has some very good qualities; and I really think I can bear to spend six months in his palace, if he will only let me spend the other six with you. He certainly did very wrong to carry me off; but then, as he says, it was but a dismal sort of life for him, to live in that great gloomy place, all alone; and it has made a wonderful change in his spirits to have a little girl to run up stairs and down. There is some comfort in making him so happy; and so, upon the whole, dearest mother, let us be thankful that he is not to keep me the whole year round." (1853)

| 영어 원문 |

마크 트웨인 〈하얗게 칠해진 담장〉

〈The Glorious Whitewasher〉 from Chapter II of 《The Adventures of Tom Sawyer》

Mark Twain

Saturday morning was come, and all the summer world was bright and fresh, and brimming with life. There was a song in every heart; and if the heart was young the music issued at the lips. There was cheer in every face and a spring in every step. The locust trees were in bloom and the fragrance of the blossoms filled the air. Cardiff Hill, beyond the village and above it, was green with vegetation, and it lay just far enough away to seem a Delectable Land, dreamy, reposeful, and inviting.

Tom appeared on the sidewalk with a bucket of whitewash and a long-handled brush. He surveyed the fence, and all gladness left him and a deep melancholy settled down upon his spirit.

Thirty yards of board fence nine feet high. Life to him seemed hollow, and existence but a burden. Sighing, he dipped his brush and passed it along the topmost plank; repeated the operation; did it again; compared the insignificant whitewashed streak with the far-reaching continent of unwhitewashed fence, and sat down on a tree-box discouraged. Jim came skipping out at the gate with a tin pail, and singing "Buffalo Gals." Bringing water from the town pump had always been hateful work in Tom's eyes, before, but now it did not strike him so. He remembered that there was company at the pump. White, mulatto, and negro boys and girls were always there waiting their turns, resting, trading playthings, quarrelling, fighting, skylarking. And he remembered that although the pump was only a hundred and fifty yards off, Jim never got back with a bucket of water under an hour-and even then somebody generally had to go after him. Tom said:

"Say, Jim, I'll fetch the water if you'll whitewash some."

Jim shook his head and said:

"Can't, Mars Tom. Ole missis, she tole me I got to go an' git dis water an' not stop foolin' roun' wid anybody. She say she spec' Mars Tom gwine to ax me to whitewash, an' so she tole me go 'long an' 'tend to my own business-she 'lowed *she'd* 'tend to de whitewashin'."

"Oh, never you mind what she said, Jim. That's the way she always talks. Gimme the bucket-I won't be gone only a a minute. *She* won't ever know."

"Oh, I dasn't, Mars Tom. Ole missis she'd take an' tar de head off'n me. 'Deed she would."

"*She*! She never licks anybody-whacks 'em over the head with her thimble-and who cares for that, I'd like to know. She talks awful, but talk don't hurt-anyways it don't if she don't cry. Jim, I'll give you a marvel. I'll give you a white alley!"

Jim began to waver.

"White alley, Jim! And it's a bully taw."

"My! Dat's a mighty gay marvel, *I* tell you! But Mars Tom I's powerful 'fraid ole missis-"

"And besides, if you will I'll show you my sore toe."

Jim was only human-this attraction was too much for him. He put down his pail, took the white alley, and bent over the toe with absorbing interest while the bandage was being unwound. In another moment he was flying down the street with his pail and a tingling rear, Tom was whitewashing with vigor, and Aunt Polly was retiring from the field with a slipper in her hand and triumph in her eye.

But Tom's energy did not last. He began to think of the fun he had planned for this day, and his sorrows multiplied. Soon the free boys would come tripping along on all sorts of delicious expeditions, and they would make a world of fun of him for having to work-the very thought of it burnt him like fire. He got out his worldly wealth and examined it-bits of toys, marbles, and trash; enough to buy an exchange of *work*, maybe, but not half enough to buy so much as half an hour of pure freedom. So he returned his straitened means to his pocket, and gave up the idea of trying to buy the boys. At this dark and hopeless moment an inspiration burst upon him! Nothing less than a great, magnificent inspiration.

He took up his brush and went tranquilly to work. Ben Rogers hove in sight presently-the very boy, of all boys, whose ridicule he had been dreading. Ben's gait was the hop-kip-and-jump-proof enough that his heart was light and his anticipations high. He was eating an apple, and giving a long, melodious whoop, at intervals, followed by a deep-toned ding-dong-dong, ding-dong-dong, for he was personating a steamboat. As he drew near, he slackened speed, took the middle of the street, leaned far over to starboard and rounded to ponderously and with laborious pomp and circumstance –for he was personating the *Big Missouri*, and considered himself to be drawing nine feet of water. He was boat and captain and engine-bells combined, so he had to imagine himself standing on his own hurricane-deck giving the orders and executing them:

"Stop her, sir! Ting-a-ling-ling!" The headway ran almost out, and he drew up slowly toward the sidewalk.

"Ship up to back! Ting-a-ling-ling!" His arms straightened and stiffened down his sides.

"Set her back on the stabboard! Ting-a-ling-ling! Chow! ch-chow-wow! Chow!" His right hand, meantime, describing stately circles-for it was representing a forty-foot wheel.

"Let her go back on the labboard! Ting-a-lingling! Chow-ch-chow-chow!" The left hand began to describe circles.

"Stop the stabboard! Ting-a-ling-ling! Stop the labboard! Come ahead on the stabboard! Stop her! Let your outside turn over slow! Ting-a-ling-ling! Chow-ow-ow! Get out that head-line! *Lively* now! Come-out with your spring-line— what're you about there! Take a turn round that stump with the bight of it! Stand by that stage, now-let her go! Done with the engines, sir! Ting-a-ling-ling! *sh't! sh't! sh't!*" (trying the gauge cocks).

Tom went on whitewashing-paid no attention to the steamboat. Ben stared a moment and then said: "Hi—yi! *You're* up a stump, ain't you!"

No answer. Tom surveyed his last touch with the eye of an artist, then he gave his brush another gentle sweep and surveyed the result, as before. Ben ranged up alongside of him. Tom's mouth watered for the apple, but he stuck to his work.

Ben said:

"Hello, old chap, you got to work, hey?"

Tom wheeled suddenly and said:

"Why, it's you, Ben! I warn't noticing."

"Say-*I*'m going in a-swimming, *I* am. Don't you wish you could? But of course you'd druther *work*-wouldn't you? Course you would!"

Tom contemplated the boy a bit, and said:

"What do you call work?"

"Why, ain't *that* work?"

Tom resumed his whitewashing, and answered carelessly:

"Well, maybe it is, and maybe it ain't. All I know, is, it suits Tom Sawyer."

"Oh come, now, you don't mean to let on that you *like* it?"

The brush continued to move.

"Like it? Well, I don't see why I oughtn't to like it. Does a boy get a chance to whitewash a fence every day?"

That put the thing in a new light. Ben stopped nibbling his apple.

Tom swept his brush daintily back and forth-stepped back to note the effect-added a touch here and there-criticised the effect again—Ben watching every move and getting more and more interested, more and more absorbed. Presently he said:

"Say, Tom, let Me whitewash a little."

Tom considered, was about to consent; but he altered his mind:

"No-no-I reckon it wouldn't hardly do, Ben. You see, Aunt Polly's awful particular about this fence-right here on the street, you know-but if it was the back fence I wouldn't mind and *She* wouldn't. Yes, she's awful particular about this fence; it's got to be done very careful; I reckon there ain't one boy in a thousand, maybe two thousand, that can do it the way it's got to be done."

"No-is that so? Oh come, now-lemme just try. Only just a little-I'd let *you*, if you was me, Tom."

"Ben, I'd like to, honest injun; but Aunt Polly—well, Jim wanted to do it, but she wouldn't let him; Sid wanted to do it, and she wouldn't let Sid. Now don't you see how I'm fixed? If you was to tackle this fence and anything was to happen to it-"

"Oh, shucks, I'll be just as careful. Now lemme try. Say—I'll give you the core of my apple."

"Well, here-No, Ben, now don't. I'm afeard-"

"I'll give you *all* of it!"

Tom gave up the brush with reluctance in his face, but alacrity in his heart. And while the late steamer *Big Missouri* worked and sweated in the sun, the retired artist sat on a barrel in the shade close by, dangled his legs, munched his apple, and planned the slaughter of more innocents. There was no lack of material; boys happened along every little while; they came to jeer, but remained to whitewash. By the time Ben was fagged out, Tom had traded the next chance to Billy Fisher for a kite, in good repair; and when *he* played out, Johnny Miller bought in for a dead rat and a string to swing it with-and so on, and so on, hour after hour. And when the middle of the afternoon came, from being a poor poverty-stricken boy in the morning, Tom was literally rolling in wealth. He had besides the things before mentioned, twelve marbles, part of a jews-harp, a piece of blue bottle-glass to look through, a spool cannon, a key that wouldn't unlock anything, a fragment of chalk, a glass stopper of a decanter, a tin soldier, a couple of tadpoles, six firecrackers, a kitten with only one eye, a brass doorknob, a dog-collar—but no dog—the handle of a knife, four pieces of orange-peel, and a dilapidated old window sash.

He had had a nice, good, idle time all the while—plenty of company-and the fence had three coats of whitewash on it! If he hadn't run out of whitewash, he would have bankrupted every boy in the village.

Tom said to himself that it was not such a hollow world, after all. He had discovered a great law of human action, without knowing it—namely, that in order to make a man or a boy covet a thing, it is only necessary to make the thing difficult to attain. If he had been a great and wise philosopher, like the writer of this book, he would now have comprehended that Work consists of whatever a body is *obliged* to do, and that Play consists of whatever a body is not obliged to do. And this would help him to understand why constructing artificial flowers or performing on a treadmill is work, while rolling tenpins or climbing Mont Blanc is only amusement. There are wealthy gentlemen in England who drive four-horse passenger coaches twenty or thirty miles on a daily line, in the summer, because the privilege costs them considerable money; but if they were offered wages for the service, that would turn it into work and then they would resign.

The boy mused awhile over the substantial change which had taken place in his worldly circumstances, and then wended toward headquarters to report. (1876)

| 영어 원문 |

윌리엄 서로이언 〈아름다운 흰말의 여름〉

〈The Summer of Beautiful Horse〉

William Saroyan

One Day back there in the good old days when I was nine and the world was full of every imaginable kind of magnificence, and life was still a delightful and mysterious dream, my cousin Mourad, who was considered crazy by everybody who knew him except me, came to my house at four in the morning and woke me up by tapping on the window of my room.

Aram, he said.

I jumped out of bed and looked out of the window. I couldn't believe what I saw.

It wasn't morning yet, but it was summer and with daybreak not many minutes around the corner of the world it was light enough for me to know I wasn't dreaming.

My cousin Mourad was sitting on a beautiful white horse. I stuck my head out of the window and rubbed my eyes. Yes, he said in Armenian.

It's a horse. You're not dreaming.

Make it quick if you want to ride.

I knew my cousin Mourad enjoyed being alive more than anybody else who had ever fallen into the world by mistake, but this was more than even I could believe.

In the first place, my earliest memories had been memories of horses and my first longings had been longings to ride.

This was the wonderful part.

In the second place, we were poor.

This was the part that wouldn't permit me to believe what I saw.

We were poor. We had no money. Our whole tribe was poverty stricken. Every branch of the Garoghlanian family was living in the most amazing and comical poverty in the world. Nobody could understand where we ever got money enough to keep us with food in our bellies, not even the old men of the family. Most important of all, though, we were famous for our honesty. We had been famous for our honesty for something like eleven centuries, even when we had been the wealthiest family in what we liked to think was the world. We were proud first, honest next, and after that we believed in right and wrong. None of us would take advantage of anybody in the world, let alone steal.

Consequently, even though I could see the horse, so magnificent; even though I could smell it, so lovely; even though I could hear it breathing, so exciting; I couldn't believe the horse had anything to do with my cousin Mourad or with me or with any of the other members of our family, asleep or awake, because I knew my cousin Mourad couldn't have bought the horse, and if he couldn't have bought it he must have stolen it, and I refused to believe he had stolen it.

No member of the Garoghlanian family could be a thief.

I stared first at my cousin and then at the horse. There was a pious stillness and humor in each of them which on the one hand delighted me and on the other frightened me.

Mourad, I said, where did you steal this horse?

Leap out of the window, he said, if you want to ride.

It was true, then. He had stolen the horse. There was no question about it. He had come to invite me to ride or not, as I chose.

Well, it seemed to me stealing a horse for a ride was not the same thing as stealing something else, such as money. For all I knew, maybe it wasn't stealing at all. If you were crazy about horses the way my cousin Mourad and I were, it wasn't stealing. It wouldn't become stealing until we offered to sell the horse, which of course I knew we would never do.

Let me put on some clothes, I said.

All right, he said, but hurry.

I leaped into my clothes.

I jumped down to the yard from the window and leaped up onto the horse behind my cousin Mourad.

That year we lived at the edge of town, on Walnut Avenue. Behind our house was the country: vineyards, orchards, irrigation ditches, and country roads. In less than three minutes we were on Olive Avenue, and then the horse began to trot. The air was new and lovely to breathe. The feel of the horse running was wonderful. My cousin Mourad who was considered one of the craziest members of our family began to sing. I mean, he began to roar.

Every family has a crazy streak in it somewhere, and my cousin Mourad was considered the natural descendant of the crazy streak in our tribe. Before him was our uncle Khosrove, an enormous man with a powerful head of black hair and the largest moustache in the San Joaquin Valley, a man so furious in temper, so irritable, so impatient that he stopped anyone from talking by roaring, It is no harm; pay no attention to it.

That was all, no matter what anybody happened to be talking about. Once it was his own son Arak running eight blocks to the barber's shop where his father was having his moustache trimmed to tell him their house was on fire. The man Khosrove sat up in the chair and roared, It is no harm; pay no attention to it. The barber said, But the boy says your house is on fire. So Khosrove roared, Enough, it is no harm, I say.

My cousin Mourad was considered the natural descendant of this man, although Mourad's father was Zorab, who was practical and nothing else. That's how it was in our tribe. A man could be the father of his son's flesh, but that did not mean that he was also the father of his spirit. The distribution of the various kinds of spirit of our tribe had been from the beginning capricious and vagrant.

We rode and my cousin Mourad sang. For all anybody knew we were still in the old country where, at least according to some of our neighbors, we belonged. We let the horse run as long as it felt like running.

At last my cousin Mourad said, Get down. I want to ride alone.

Will you let me ride alone? I said.

That is up to the horse, my cousin said. Get down.

The horse will let me ride, I said.

We shall see, he said. Don't forget that I have a way with a horse.

Well, I said, any way you have with a horse, I have also.

For the sake of your safety, he said, let us hope so. Get down.

All right, I said, but remember you've got to let me try to ride alone.

I got down and my cousin Mourad kicked his heels into the horse and shouted, Vazire, run. The horse stood on its hind legs, snorted, and burst into a fury of speed that was the loveliest thing I had ever seen. My cousin Mourad raced the horse across a field of dry grass to an irrigation ditch, crossed the ditch on the horse, and five minutes later returned, dripping wet.

The sun was coming up.

Now it's my turn to ride, I said.

My cousin Mourad got off the horse.

Ride, he said.

I leaped to the back of the horse and for a moment knew the most awful fear imaginable. The horse did not move.

Kick into his muscles, my cousin Mourad said. What are you waiting for? We've got to take him back before everybody in the world is up and about.

I kicked into the muscles of the horse. Once again it reared and snorted. Then it began to run. I didn't know what to do. Instead of running across the field to the irrigation ditch the horse ran down the road to the vineyard of Dikran Halabian where it began to leap over vines. The horse leaped over seven vines before I fell. Then it continued running.

My cousin Mourad came running down the road.

I'm not worried about you, he shouted. We've got to get that horse. You go this way and I'll go this way. If you come upon him, be kindly. I'll be near.

I continued down the road and my cousin, Mourad went across the field toward the irrigation ditch.

It took him half an hour to find the horse and bring him back.

All right, he said, jump on. The whole world is awake now.

What will we do? I said.

Well, he said, we'll either take him back or hide him until tomorrow morning.

He didn't sound worried and I knew he'd hide him and not take him back. Not for a while, at any rate.

Where will we hide him? I said.

I know a place, he said.

How long ago did you steal this horse? I said.

It suddenly dawned on me that he had been taking these early morning rides for some time and had come for me this morning only because he knew how much I longed to ride.

Who said anything about stealing a horse? he said.

Anyhow, I said, how long ago did you begin riding every morning?

Not until this morning, he said.

Are you telling the truth? I said.

Of course not, he said, but if we are found out, that's what you're to say. I don't want both of us to be liars. All you know is that we started riding this morning.

All right, I said.

He walked the horse quietly to the barn of a deserted vineyard which at one time had been the pride of a farmer named Fetvajian. There were some oats and dry alfalfa in the barn.

We began walking home.

It wasn't easy, he said, to get the horse to behave so nicely.

At first it wanted to run wild, but, as I've told you, I have a way with a horse. I can get it to want to do anything I want it to do. Horses understand me.

How do you do it? I said.

I have an understanding with a horse, he said.

Yes, but what sort of an understanding? I said.

A simple and honest one, he said.

Well, I said, I wish I knew how to reach an understanding like that with a horse.

You're still a small boy, he said. When you get to be thirteen you'll know how to do it.

I went home and ate a hearty breakfast.

That afternoon my uncle Khosrove came to our house for coffee and cigarettes. He sat in the parlor, sipping and smoking and remembering the old country. Then another visitor arrived, a farmer named John Byro, an Assyrian who, out of loneliness, had learned to speak Armenian. My mother brought the lonely visitor coffee and tobacco and he rolled a cigarette and sipped and smoked, and then at last, sighing sadly, he said, My white horse which was stolen last month is still gone. I cannot understand it.

My uncle Khosrove became very irritated and shouted, It's no harm. What is the loss of a horse? Haven't we all lost the homeland? What is this crying over a horse?

That may be all right for you, a city dweller, to say, John Byro said, but what of my surrey? What good is a surrey without a horse?

Pay no attention to it, my uncle Khosrove roared.

I walked ten miles to get here, John Byro said.

You have legs, my uncle Khosrove shouted.

My left leg pains me, the farmer said.

Pay no attention to it, my uncle Khosrove roared.

That horse cost me sixty dollars, the farmer said.

I spit on money, my uncle Khosrove said.

He got up and stalked out of the house, slamming the screen door.

My mother explained.

He has a gentle heart, she said. It is simply that he is homesick and such a large man.

The farmer went away and I ran over to my cousin Mourad's house.

He was sitting under a peach tree, trying to repair the hurt wing of a young robin which could not fly. He was talking to the bird.

What is it? he said.

The farmer, John Byro, I said. He visited our house. He wants his horse. You've had it a month. I want you to promise not to take it back until I learn to ride.

It will take you a year to learn to ride, my cousin Mourad said.

We could keep the horse a year, I said.

My cousin Mourad leaped to his feet.

What? he roared. Are you inviting a member of the Garoghlanian family to steal? The horse must go back to its true owner.

When? I said.

In six months at the latest, he said.

He threw the bird into the air. The bird tried hard, almost fell twice, but at last flew away, high and straight.

Early every morning for two weeks my cousin Mourad and I took the horse out of the barn of the deserted vineyard where we were hiding it and rode it, and every morning the horse, when it was my turn to ride alone, leaped over grape vines and small trees and threw me and ran away.

Nevertheless, I hoped in time to learn to ride the way my cousin Mourad rode.

One morning on the way to Fetvajian's deserted vineyard we ran into the farmer John Byro who was on his way to town. Let me do the talking, my cousin Mourad said. I have a way with farmers.

Good morning, John Byro, my cousin Mourad said to the farmer.

The farmer studied the horse eagerly.

Good morning, son of my friends, he said. What is the name of your horse?

My Heart, my cousin Mourad said in Armenian.

A lovely name, John Byro said, for a lovely horse. I could swear it is the horse that was stolen from me many weeks ago.

May I look into his mouth?

Of course, Mourad said.

The farmer looked into the mouth of the horse.

Tooth for tooth, he said. I would swear it is my horse if I didn't know your parents. The fame of your family for honesty is well known to me. Yet the horse is the twin of my horse. A suspicious man would believe his eyes instead of his heart. Good day, my young friends.

Good day, John Byro, my cousin Mourad said.

Early the following morning we took the horse to John Byro's vineyard and put it in the barn. The dogs followed us around without making a sound.

The dogs, I whispered to my cousin Mourad. I thought they would bark.

They would at somebody else, he said. I have a way with dogs.

My cousin Mourad put his arms around the horse, pressed his nose into the horse's nose, patted it, and then we went away.

That afternoon John Byro came to our house in his surrey and showed my mother the horse that had been stolen and returned.

I do not know what to think, he said. The horse is stronger than ever. Better-tempered, too. I thank God. My uncle Khosrove, who was in the parlor, became irritated and shouted, Quiet, man, quiet. Your horse has been returned. Pay no attention to it. (1940)

| 영어 원문 |

너새니얼 호손 〈큰 바위 얼굴〉

〈The Great Stone Face〉

Nathaniel Hawthorne

One afternoon, when the sun was going down, a mother and her little boy sat at the door of their cottage, talking about the Great Stone Face. They had but to lift their eyes, and there it was plainly to be seen, though miles away, with the sunshine brightening all its features.

And what was the Great Stone Face?

Embosomed amongst a family of lofty mountains, there was a valley so spacious that it contained many thousand inhabitants. Some of these good people dwelt in log-huts, with the black forest all around them, on the steep and difficult hillsides. Others had their homes in comfortable farm-houses, and cultivated the rich soil on the gentle slopes or level surfaces of the valley. Others, again, were congregated into populous villages, where some wild, highland rivulet, tumbling down from its birthplace in the upper mountain region, had been caught and tamed by human cunning, and compelled to turn the machinery of cotton-factories. The inhabitants of this valley, in short, were numerous, and of many modes of life. But all of them, grown people and children, had a kind of familiarity with the Great Stone Face, although some possessed the gift of distinguishing this grand natural phenomenon more perfectly than many of their neighbors.

The Great Stone Face, then, was a work of Nature in her mood of majestie playfulness, formed on the perpendicular side of a mountain by some immense rocks, which had been thrown together in such a position as, when viewed at a proper distance, precisely to resemble the features of the human countenance. It seemed as if an enormous giant, or a Titan, had sculptured his own likeness on the precipice. There was the broad arch of the forehead, a hundred feet in height; the nose, with its long bridge; and the vast lips, which, if they could have spoken, would have rolled their thunder accents from one end of the valley to the other. True it is, that if the spectator approached too near, he lost the outline of the gigantic visage, and could discern only a heap of ponderous and gigantic rocks, piled in chaotic ruin one upon another. Retracing his steps, however, the wondrous features would again be seen; and the farther he withdrew from them, the more like a human face, with all its original divinity intact, did they appear; until, as it grew dim in the distance, with the clouds and glorified vapor of the mountains clustering about it, the Great Stone Face seemed positively to be alive.

It was a happy lot for children to grow up to manhood or womanhood with the Great Stone Face before their eyes, for all the features were noble, and the expression was at once grand and sweet, as if it were the glow of a vast, warm heart, that embraced all mankind in its affections, and had room for more. It was an education only to look at it. According to the belief of many people, the valley owed much of its fertility to this benign aspect that was continually beaming over it, illuminating the clouds, and infusing its tenderness into the sunshine.

As we began with saying, a mother and her little boy sat at their cottage-door, gazing at the Great Stone Face, and talking about it. The child's name was Ernest.

"Mother, said he, while the Titanic visage miled on him, 'I wish that it could speak, for it looks so very kindly that its voice must needs be pleasant. If I were to See a man with such a face, I should love him dearly."

"If an old prophecy should come to pass," answered his mother, "we may see a man, some time for other, with exactly such a face as that."

"What prophecy do you mean, dear mother?' eagerly inquired Ernest. 'Pray tell me all about it!"

So his mother told him a story that her own mother had told to her, when she herself was younger than little Ernest; a story, not of things that were past, but of what was yet to come; a story, nevertheless, so very old, that even the Indians, who formerly inhabited this valley, had heard it from their forefathers, to whom, as they affirmed, it had been murmured by the mountain streams, and whispered by the wind among the tree-tops. The purport was, that, at some future day, a child should be born hereabouts, who was destined to become the greatest and noblest personage of his time, and whose countenance, in manhood, should bear an exact resemblance to the Great Stone Face. Not a few old-fashioned people, and young ones likewise, in the ardor of their hopes, still cherished an enduring faith in this old prophecy. But others, who had seen more of the world, had watched and waited till they were weary, and had beheld no man with such a face, nor any man that proved to be much greater or nobler than his neighbors, concluded it to be nothing but an idle tale. At all events, the great man of the prophecy had not yet appeared.

"O mother, dear mother!" cried Ernest, clapping his hands above his head, "I do hope that I shall live to see him!"

His mother was an affectionate and thoughtful woman, and felt that it was wisest not to discourage the generous hopes of her little boy. So she only said to him, 'Perhaps you may.'

And Ernest never forgot the story that his mother told him. It was always in his mind, whenever he looked upon the Great Stone Face. He spent his childhood in the log-cottage where he was born, and was dutiful to his mother, and helpful to her in many things, assisting her much with his little hands, and more with his loving heart. In this manner, from a happy yet often pensive child, he grew up to be a mild, quiet, unobtrusive boy, and sun-browned with labor in the fields, but with more intelligence brightening his aspect than is seen in many lads who have been taught at famous schools. Yet Ernest had had no teacher, save only that the Great Stone Face became one to him. When the toil of the day was over, he would gaze at it for hours, until he began to imagine that those vast features recognized him, and gave him a smile of kindness and encouragement, responsive to his own look of veneration. We must not take upon us to affirm that this was a mistake, although the Face may have looked no more kindly at Ernest than at all the world besides. But the secret was that the boy's tender and confiding simplicity discerned what other people could not see; and thus the love, which was meant for all, became his peculiar portion.

About this time there went a rumor throughout the valley, that the great man, foretold from ages long ago, who was to bear a resemblance to the Great Stone Face, had appeared at last. It seems that, many years before, a young man had migrated from the valley and settled at a distant seaport, where, after getting together a little money, he had set up as a shopkeeper. His name—but I could never learn whether it was his real one, or a nickname that had grown out of his habits and success in life—was Gathergold. Being shrewd and active, and endowed by Providence with that inscrutable faculty which develops itself in what the world calls luck, he became an exceedingly rich merchant, and owner of a whole fleet of bulky-bottomed ships. All the countries of the globe appeared to join hands for the mere purpose of adding heap after heap to the mountainous accumulation of this one man's wealth. The cold regions of the north, almost within the gloom and shadow of the Arctic Circle, sent him their tribute in the shape of furs; hot Africa sifted for him the golden sands of her rivers, and gathered up the ivory tusks of her great elephants out of the forests; the east came bringing him the rich shawls, and spices, and teas, and the effulgence of diamonds, and the gleaming purity of large pearls. The ocean, not to be behindhand with the earth, yielded up her mighty whales, that Mr. Gathergold might sell their oil, and make a profit on it. Be the original commodity what it might, it was gold within his grasp. It might be said of him, as of Midas, in the fable, that whatever he touched with his finger immediately glistened, and grew yellow, and was changed at once into sterling metal, or, which suited him still better, into piles of coin. And, when Mr. Gathergold had become so very rich that it would have taken him a hundred years only to count his wealth, he bethought himself of his native valley, and resolved to go back thither, and end his days where he was born. With this purpose in view, he sent a skilful architect to build him such a palace as should be fit for a man of his vast wealth to live in.

As I have said above, it had already been rumored in the valley that Mr. Gathergold had turned out to be the prophetic personage so long and vainly looked for, and that his visage was the perfect and undeniable similitude of the Great Stone Face. People were the more ready to believe that this must needs be the fact, when they beheld the splendid edifice that rose, as if by enchantment, on the site of his father's old weather-beaten farm-house. The exterior was of marble, so dazzlingly white that it seemed as though the whole structure might melt away in the sunshine, like those humbler ones which Mr. Gathergold, in his young play-days, before his fingers were gifted with the touch of transmutation, had been accustomed to build of snow. It had a richly ornamented portico supported by tall pillars, beneath which was a lofty door, studded with silver knobs, and made of a kind of variegated wood that had been brought from beyond the sea. The windows, from the floor to the ceiling of each stately apartment, were composed, respectively of but one enormous pane of glass, so transparently pure that it was said to be a finer medium than even the vacant atmosphere. Hardly anybody had been permitted to see the interior of this palace; but it was reported, and with good semblance of truth, to be far more gorgeous than the outside, insomuch that whatever was iron or brass in other houses was silver or gold in this; and Mr. Gathergold's bedchamber, especially, made such a glittering appearance that no ordinary man would have been able to close his eyes there. But, on the other hand, Mr. Gathergold was now so inured to wealth, that perhaps he could not have closed his eyes unless where the gleam of it was certain to find its way beneath his eyelids.

In due time, the mansion was finished; next came the upholsterers, with magnificent furniture; then, a whole troop of black and white servants, the haringers of Mr. Gathergold, who, in his own majestic person, was expected to arrive at sunset. Our friend Ernest, meanwhile, had been deeply stirred by the idea that the great man, the noble man, the man of prophecy, after so many ages of delay, was at length to be made manifest to his native valley. He knew, boy as he was, that there were a thousand ways in which Mr. Gathergold, with his vast wealth, might transform himself into an angel of beneficence, and assume a control over human affairs as wide and benignant as the smile of the Great Stone Face.

Full of faith and hope, Ernest doubted not that what the people said was true, and that now he was to behold the living likeness of those wondrous features on the mountainside. While the boy was still gazing up the valley, and fancying, as he always did, that the Great Stone Face returned his gaze and looked kindly at him, the rumbling of wheels was heard, approaching swiftly along the winding road.

"Here he comes!" cried a group of people who were assembled to witness the arrival. "Here comes the great Mr. Gathergold!"

A carriage, drawn by four horses, dashed round the turn of the road. Within it, thrust partly out of the window, appeared the physiognomy of the old man, with a skin as yellow as if his own Midas-hand had transmuted it. He had a low forehead, small, sharp eyes, puckered about with innumerable wrinkles, and very thin lips, which he made still thinner by pressing them forcibly together.

"The very image or the Great Stone Face!' shouted the people. 'Sure enough, the old prophecy is true; and here we have the great man come, at last!"

And, what greatly perplexed Ernest, they seemed actually to believe that here was the likeness which they spoke of. By the roadside there chanced to be an old beggar woman and two little beggar-children, stragglers from some far-off region, who, as the carriage rolled onward, held out their hands and lifted up their doleful voices, most piteously beseeching charity. A yellow claw the very same that had dawed together so much wealth-poked itself out of the coach-window, and dropt some copper coins upon the ground; so that, though the great man's name seems to have been Gathergold, he might just as suitably have been nicknamed Scattercopper. Still, nevertheless, with an earnest shout, and evidently with as much good faith as ever, the people bellowed;—

"He is the very image of the Great Stone Face!"

But Ernest turned sadly from the wrinkled shrewdness of that sordid visage, and gazed up the valley, where, amid a gathering mist, gilded by the last sunbeams, he could still distinguish those glorious features which had impressed themselves into his soul. Their aspect cheered him. What did the benign lips seem to say?

"He will come! Fear not, Ernest; the man will come!"

The years went on, and Ernest ceased to be a boy. He had grown to be a young man now. He attracted little notice from the other inhabitants of the valley; for they saw nothing remarkable in his way of life, save that, when the labor of the day was over, he still loved to go apart and gaze and meditate upon the Great Stone Face. According to their idea of the matter, it was a folly, indeed, but pardonable, inasmuch as Ernest was industrious, kind, and neighborly, and neglected no duty for the sake of indulging this idle habit. They knew not that the Great Stone Face had become a teacher to him, and that the sentiment which was expressed in it would enlarge the young man's heart, and fill it with wider and deeper sympathies than other hearts. They knew not that thence would come a better wisdom than could be learned from books, and a better life than could be moulded on the defaced example of other human lives. Neither did Ernest know that the thoughts and affections which came to him so naturally, in the fields and at the fireside, and wherever he communed with himself, were of a higher tone than those which all men shared with him. A simple soul-simple as when his mother first taught him the old prophecy-he beheld the marvellous features beaming adown the valley, and still wondered that their human counterpart was so long in making his appearance.

By this time poor Mr. Gathergold was dead and buried; and the oddest part of the matter was, that his wealth, which was the body and spirit of his existence, had disappeared before his death, leaving nothing of him but a living skeleton, covered over with a wrinkled, yellow skin. Since the melting away of his gold, it had been very generally conceded that there was no such striking resemblance, after all, betwixt the ignoble features of the ruined merchant and that majestic face upon the mountain-side. So the people ceased to honor him during his lifetime, and quietly consigned him to forgetfulness after his decease. Once in a while, it is true, his memory was brought up in connection with the magnificent palace which he had built, and which had long ago been turned into a hotel for the accommodation of strangers, multitudes of whom came, every summer, to visit that famous natural curiosity, the Great Stone Face. Thus, Mr. Gathergold being discredited and thrown into the shade, the man of prophecy was yet to come.

It so happened that a native-born son of the valley, many years before, had enlisted as a soldier, and, after a great deal of hard fighting, had now become an illustrious commander. Whatever he may be called in history, he was known in camps and on the battlefield under the nickname of Old Blood-and-Thunder. This war-worn veteran, being now infirm with age and wounds, and weary of the turmoil of a military life, and of the roll of the drum and the clangor of the trumpet, that had so long been ringing in his ears, had lately signified a purpose of returning to his native valley, hoping to find repose where he remembered to have left it. The inhabitants, his old neighbors and their grown-up children, were resolved to welcome the renowned warrior with a salute of cannon and a public dinner; and all the more enthusiastically, it being affirmed that now, at last, the likeness of the Great Stone Face had actually appeared. An aid-de-camp of Old Blood-and-Thunder, travelling through the valley, was said to have been struck with the resemblance. Moreover the schoolmates and early acquaintances of the general were ready to testify, on oath, that, to the best of their recollection, the aforesaid general had been exceedingly like the majestic image, even when a boy, only that the idea had never occurred to them at that period. Great, therefore, was the excitement throughout the valley; and many people, who had never once thought of glancing at the Great Stone Face for years before, now spent their time in gazing at it, for the sake of knowing exactly how General Blood-and-Thunder looked.

On the day of the great festival, Ernest, with all the other people of the valley, left their work, and proceeded to the spot where the sylvan banquet was prepared. As he approached, the loud voice of the Rev. Dr.

Battleblast was heard, beseeching a blessing on the good things set before them, and on the distinguished friend of peace in whose honor they were assembled. The tables were arranged in a cleared space of the woods, shut in by the surrounding trees, except where a vista opened eastward, and afforded a distant view of the Great Stone Face. Over the general's chair, which was a relic from the home of Washington, there was an arch of verdant boughs, with the laurel profusely intermixed, and surmounted by his country's banner, beneath which he had won his victories. Our friend Ernest raised himself on his tiptoes, in hopes to get a glimpse of the celebrated guest; but there was a mighty crowd about the tables anxious to hear the toasts and speeches, and to catch any word that might fall from the general in reply; and a volunteer company, doing duty as a guard, pricked ruthlessly with their bayonets at any particularly quiet person among the throng. So Ernest, being of an unobtrusive character, was thrust quite into the background, where he could see no more of Old Blood-and-Thunder's physiognomy than if it had been still blazing on the battlefield. To console himself, he turned towards the Great Stone Face, which, like a faithful and long-remembered friend, looked back and smiled upon him through the vista of the forest. Meantime, however, he could overhear the remarks of various individuals, who were comparing the features of the hero with the face on the distant mountain-side.

"Tis the same face, to a hair!" cried one man, cutting a caper for joy.

"Wonderfully like, that's a fact!" responded another.

"Like! why, I call it Old Blood-and-Thunder himself, in a monstrous looking-glass!" cried a third. "And why not? He's the greatest man of this or any other age, beyond a doubt."

And then all three of the speakers gave a great shout, which communicated electricity to the crowd, and called forth a roar from a thousand voices, that went reverberating for miles among the mountains, until you might have supposed that the Great Stone Face had poured its thunder-breath into the cry. All these comments, and this vast enthusiasm, served the more to interest our friend; nor did he think of questioning that now, at length, the mountain-visage had found its human counterpart. It is true, Ernest had imagined that this long-looked-for personage would appear in the character of a man of peace, uttering wisdom, and doing good, and making people happy. But, taking an habitual breadth of view, with all his simplicity, he contended that providence should choose its own method of blessing mankind, and could conceive that this great end might be effected even by a warrior and a bloody sword, should inscrutable wisdom see fit to order matters so.

"The general! the general!' was now the cry. 'Hush! silence! Old Blood-and-Thunder's going to make a speech."

Even so; for, the cloth being removed, the general's health had been drunk, amid shouts of applause, and he now stood upon his feet to thank the company. Ernest saw him. There he was, over the shoulders of the crowd, from the two glittering epaulets and embroidered collar upward, beneath the arch of green boughs with intertwined laurel, and the banner drooping as if to shade his brow! And there, too, visible in the same glance, through the vista of the forest, appeared the Great Stone Face! And was there, indeed, such a resemblance as the crowd had testified? Alas, Ernest could not recognize it! He beheld a war-worn and weather-beaten countenance, full of energy, and expressive of an iron will; but the gentle wisdom, the deep, broad, tender sympathies, were altogether wanting in Old Blood-and-Thunder's visage; and even if the Great Stone Face had assumed his look of stern command, the milder traits would still have tempered it.

"This is not the man of prophecy," sighed Ernest to himself, as he made his way out of the throng. "And must the world wait longer yet?"

The mists had congregated about the distant mountain-side, and there were seen the grand and awful features of the Great Stone Face, awful but benignant, as if a mighty angel were sitting among the hills, and enrobing himself in a cloud-vesture of gold and purple. As he looked, Ernest could hardly believe but that a smile beamed over the whole visage, with a radiance still brightening, although without motion of the lips. It was probably the effect of the western sunshine, melting through the thinly diffused vapors that had swept between him and the object that he gazed at. But-as it always did-the aspect of his marvellous friend made Ernest as hopeful as if he had never hoped in vain.

"Fear not, Ernest," said his heart, even as if the Great Face were whispering him-"fear not, Ernest; he will come."

More years sped swiftly and tranquilly away. Ernest still dwelt in his native valley, and was now a man of middle age. By imperceptible degrees, he had become known among the people. Now, as heretofore, he labored for his bread, and was the same simple-hearted man that he had always been. But he had thought and felt so much, he had given so many of the best hours of his life to unworldly hopes for some great good to mankind, that it seemed as though he had been talking with the angels, and had imbibed a portion of their wisdom unawares. It was visible in the calm and well-considered beneficence of his daily life, the quiet stream of which had made a wide green margin all along its course. Not a day passed by, that the world was not the better because this man, humble as he was, had lived. He never stepped aside from his own path, yet would always reach a blessing to his neighbor. Almost involuntarily, too, he had become a preacher. The pure and high simplicity of his thought, which, as one of its manifestations, took shape in the good deeds that dropped silently from his hand, flowed also forth in speech. He uttered truths that wrought upon and moulded the lives of those who heard him. His auditors, it may be, never suspected that Ernest, their own neighbor and familiar friend, was more than an ordinary man; least of all did Ernest himself suspect it; but, inevitably as the murmur of a rivulet, came thoughts out of his mouth that no other human lips had spoken.

When the people's minds had had a little time to cool, they were ready enough to acknowledge their mistake in imagining a similarity between General Blood-and-Thunder's truculent physiognomy and the benign visage on the mountain-side. But now, again, there were reports and many paragraphs in the newspapers, affirming that the likeness of the Great Stone Face had appeared upon the broad shoulders of a certain eminent statesman. He, like Mr. Gathergold and old Blood-and-Thunder, was a native of the valley, but had left it in his early days, and taken up the trades of law and politics. Instead of the rich man's wealth and the warrior's sword, he had but a tongue, and it was mightier than both together. So wonderfully eloquent was he, that whatever he might choose to say, his auditors had no choice but to believe him; wrong looked like right, and right like wrong; for when it pleased him, he could make a kind of illuminated fog with his mere breath, and obscure the natural daylight with it. His tongue, indeed, was a magic instrument: sometimes it rumbled like the thunder; sometimes it warbled like the sweetest music. It was the blast of war, the song of peace; and it seemed to have a heart in it, when there was no such matter. In good truth, he was a wondrous man; and when his tongue had acquired him all other imaginable success-when it had been heard in halls of state, and in the courts of princes and potentates-after it had made him known all over the world, even as a voice crying from shore to shore-it finally persuaded his countrymen to select him for the Presidency. Before this time-indeed, as soon as he began to grow celebrated-his admirers had found out the resemblance between him and the Great Stone Face; and so much were they struck by it, that throughout the country this distinguished gentleman was known by the name of Old Stony Phiz. The phrase was considered as giving a highly favorable aspect to his political prospects; for, as is likewise the case with the Popedom, nobody ever becomes President without taking a name other than his own.

While his friends were doing their best to make him President, Old Stony Phiz, as he was called, set out on a visit to the valley where he was born. Of course, he had no other object than to shake hands with his fellow-citizens, and neither thought nor cared about any effect which his progress through the country might have upon the election. Magnificent preparations were made to receive the illustrious statesman; a cavalcade of horsemen set forth to meet him at the boundary line of the State, and all the people left their business and gathered along the wayside to see him pass. Among these was Ernest. Though more than once disappointed, as we have seen, he had such a hopeful and confiding nature, that he was always ready to believe in whatever seemed beautiful and good. He kept his heart continually open, and thus was sure to catch the blessing from on high when it should come. So now again, as buoyantly as ever, he went forth to behold the likeness of the Great Stone Face.

The cavalcade came prancing along the road, with a great clattering of hoofs and a mighty cloud of dust, which rose up so dense and high that the visage of the mountainside was completely hidden from Ernest's eyes. All the great men of the neighborhood were there on horseback; militia officers, in uniform; the member of Congress; the sheriff of the county; the editors of newspapers; and many a farmer, too, had mounted his patient steed, with his Sunday coat upon his back. It really was a very brilliant spectacle, especially as there were numerous banners flaunting over the cavalcade, on some of which were gorgeous portraits of the illustrious statesman and the Great Stone Face, smiling familiarly at one another, like two brothers. If the pictures were to be trusted, the mutual resemblance, it must be confessed, was marvellous. We must not forget to mention that there was a band of music, which made the echoes of the mountains ring and reverberate with the loud triumph of its strains; so that airy and soul-thrilling melodies broke out among all the heights and hollows, as if every nook of his native valley had found a voice, to welcome the distinguished guest. But the grandest effect was when the far-off mountain precipice flung back the music; for then the Great Stone Face itself seemed to be swelling the triumphant chorus, in acknowledgment, that, at length, the man of prophecy was come.

All this while the people were throwing up their hats and shouting, with enthusiasm so contagious that the heart of Ernest kindled up, and he likewise threw up his hat, and shouted, as loudly as the loudest, 'Huzza for the great man! Huzza for Old Stony Phiz!' But as yet he had not seen him.

"Here he is, now!" cried those who stood near Ernest. "There! There! Look at Old Stony Phiz and then at the Old Man of the Mountain, and see if they are not as like as two twin brothers!"

In the midst of all this gallant array came an open barouche, drawn by four white horses; and in the barouche, with his massive head uncovered, sat the illustrious statesman, Old Stony Phiz himself.

"Confess it," said one of Ernest's neighbors to him, "the Great Stone Face has met its match at last!"

Now, it must be owned that, at his first glimpse of the countenance which was bowing and smiling from the barouche, Ernest did fancy that there was a resemblance between it and the old familiar face upon the mountainside. The brow, with its massive depth and loftiness, and all the other features, indeed, were boldly and strongly hewn, as if in emulation of a more than heroic, of a Titanic model. But the sublimity and stateliness, the grand expression of a divine sympathy, that illuminated the mountain visage and etherealized its ponderous granite substance into spirit, might here be sought in vain. Something had been originally left out, or had departed. And therefore the marvellously gifted statesman had always a weary gloom in the deep caverns of his eyes, as of a child that has outgrown its playthings or a man of mighty faculties and little aims, whose life, with all its high performances, was vague and empty, because no high purpose had endowed it with reality.

Still, Ernest's neighbor was thrusting his elbow into his side, and pressing him for an answer.

"Confess! confess! Is not he the very picture of your Old Man of the Mountain?"

"No! said Ernest, bluntly, I see little or no likeness."

"Then so much the worse for the Great Stone Face!" answered his neighbor; and again he set up a shout for Old Stony Phiz.

But Ernest turned away, melancholy, and almost despondent: for this was the saddest of his disappointments, to behold a man who might have fulfilled the prophecy, and had not willed to do so. Meantime, the cavalcade, the banners, the music, and the barouches swept past him, with the vociferous crowd in the rear, leaving the dust to settle down, and the Great Stone Face to be revealed again, with the grandeur that it had worn for untold centuries.

"Lo, here I am, Ernest!" the benign lips seemed to say. "I have waited longer than thou, and am not yet weary. Fear not; the man will come."

The years hurried onward, treading in their haste on one another's heels. And now they began to bring white hairs, and scatter them over the head of Ernest; they made reverend wrinkles across his forehead, and furrows in his cheeks. He was an aged man. But not in vain had he grown old: more than the white hairs on his head were the sage thoughts in his mind; his wrinkles and furrows were inscriptions that Time had graved, and in which he had written legends of wisdom that had been tested by the tenor of a life. And Ernest had ceased to be obscure. Unsought for, undesired, had come the fame which so many seek, and made him known in the great world, beyond the limits of the valley in which he had dwelt so quietly. College professors, and even the active men of cities, came from far to see and converse with Ernest; for the report had gone abroad that this simple husbandman had ideas unlike those of other men, not gained from books, but of a higher tone,- a tranquil and familiar majesty, as if he had been talking with the angels as his daily friends. Whether it were sage, statesman, or philanthropist, Ernest received these visitors with the gentle sincerity that had characterized him from boyhood, and spoke freely with them of whatever came uppermost, or lay deepest in his heart or their own. While they talked together, his face would kindle, unawares, and shine upon them, as with a mild evening light. Pensive with the fulness of such discourse, his guests took leave and went their way; and passing up the valley, paused to look at the Great Stone Face, imagining that they had seen its likeness in a human countenance, but could not remember where.

While Ernest had been growing up and growing old, a bountiful Providence had granted a new poet to this earth. He, likewise, was a native of the valley, but had spent the greater part of his life at a distance from that romantic region, pouring out his sweet music amid the bustle and din of cities. Often, however, did the mountains which had been familiar to him in his childhood lift their snowy peaks into the clear atmosphere of his poetry. Neither was the Great Stone Face forgotten, for the poet had celebrated it in an ode, which was grand enough to have been uttered by its own majestic lips. This man of genius, we may say, had come down from heaven with wonderful endowments. If he sang of a mountain, the eyes of all mankind beheld a mightier grandeur reposing on its breast, or soaring to its summit, than had before been seen there. If his theme were a lovely lake, a celestial smile had now been thrown over it, to gleam forever on its surface. If it were the vast old sea, even the deep immensity of its dread bosom seemed to swell the higher, as if moved by the emotions of the song. Thus the world assumed another and a better aspect from the hour that the poet blessed it with his happy eyes. The Creator had bestowed him, as the last best touch to his own handiwork.

Creation was not finished till the poet came to interpret, and so complete it.

The effect was no less high and beautiful, when his human brethren were the subject of his verse. The man or woman, sordid with the common dust of life, who crossed his daily path, and the little child who played in it, were glorified if they beheld him in his mood of poetic faith. He showed the golden links of the great chain that intertwined them with an angelic kindred; he brought out the hidden traits of a celestial birth that made them worthy of such kin. Some, indeed, there were, who thought to show the soundness of their judgment by affirming that all the beauty and dignity of the natural world existed only in the poet's fancy. Let such men speak for themselves, who undoubtedly appear to have been spawned forth by Nature with a contemptuous bitterness; she plastered them up out of her refuse stuff, after all the swine were made. As respects all things else, the poet's ideal was the truest truth.

The songs of this poet found their way to Ernest. He read them after his customary toil, seated on the bench before his cottage-door, where for such a length of time he had filled his repose with thought, by gazing at the Great Stone Face. And now as he read stanzas that caused the soul to thrill within him, he lifted his eyes to the vast countenance beaming on him so benignantly.

"O majestic friend,' he murmured, addressing the Great Stone Face, 'is not this man worthy to resemble thee?"

The Face seemed to smile, but answered not a word.

Now it happened that the poet, though he dwelt so far away, had not only heard of Ernest, but had meditated much upon his character, until he deemed nothing so desirable as to meet this man, whose untaught wisdom walked hand in hand with the noble simplicity of his life. One summer morning, therefore, he took passage by the railroad, and, in the decline of the afternoon, alighted from the cars at no great distance from Ernest's cottage. The great hotel, which had formerly been the palace of Mr. Gathergold, was close at hand, but the poet, with his carpetbag on his arm, inquired at once where Ernest dwelt, and was resolved to be accepted as his guest.

Approaching the door, he there found the good old man, holding a volume in his hand, which alternately he read, and then, with a finger between the leaves, looked lovingly at the Great Stone Face.

"Good evening," said the poet. "Can you give a traveller a night's lodging?"

"Willingly," answered Ernest; and then he added, smiling, "Methinks I never saw the Great Stone Face look so hospitably at a stranger."

The poet sat down on the bench beside him, and he and Ernest talked together. Often had the poet held intercourse with the wittiest and the wisest, but never before with a man like Ernest, whose thoughts and feelings gushed up with such a natural feeling, and who made great truths so familiar by his simple utterance of them. Angels, as had been so often said, seemed to have wrought with him at his labor in the fields; angels seemed to have sat with him by the fireside; and, dwelling with angels as friend with friends, he had imbibed the sublimity of their ideas, and imbued it with the sweet and lowly charm of household words. So thought the poet. And Ernest, on the other hand, was moved and agitated by the living images which the poet flung out of his mind, and which peopled all the air about the cottage-door with shapes of beauty, both gay and pensive. The sympathies of these two men instructed them with a profounder sense than either could have attained alone. Their minds accorded into one strain, and made delightful music which neither of them could have claimed as all his own, nor distinguished his own share from the other's. They led one another, as it were, into a high pavilion of their thoughts, so remote, and hitherto so dim, that they had never entered it before, and so beautiful that they desired to be there always.

As Ernest listened to the poet, he imagined that the Great Stone Face was bending forward to listen too. He gazed earnestly into the poet's glowing eyes.

"Who are you, my strangely gifted guest?" he said.

The poet laid his finger on the volume that Ernest had been reading.

"You have read these poems," said he. "You know me, then-for I wrote them."

Again, and still more earnestly than before, Ernest examined the poet's features; then turned towards the Great Stone Face; then back, with an uncertain aspect, to his guest. But his countenance fell; he shook his head, and sighed.

"Wherefore are you sad?" inquired the poet. "Because," replied

Ernest, "all through life I have awaited the fulfilment of a prophecy; and, when I read these poems, I hoped that it might be fulfilled in you."

"You hoped," answered the poet, faintly smiling, "to find in me the likeness of the Great Stone Face. And you are disappointed, as formerly with Mr. Gathergold, and old Blood-and-Thunder, and Old Stony Phiz. Yes, Ernest, it is my doom. You must add my name to the illustrious three, and record another failure of your hopes. For-in shame and sadness do I speak it, Ernest-I am not worthy to be typified by yonder benign and majestic image."

"And why?" asked Ernest. He pointed to the volume. "Are not those thoughts divine?"

"They have a strain of the Divinity,' replied the poet. "You can hear in them the far-off echo of a heavenly song. But my life, dear Ernest, has not corresponded with my thought. I have had grand dreams, but they have been only dreams, because I have lived-and that, too, by my own choice among poor and mean realities. Sometimes, even-shall I dare to say it?-I lack faith in the grandeur, the beauty, and the goodness, which my own works are said to have made more evident in nature and in human life. Why, then, pure seeker of the good and true, shouldst thou hope to find me, in yonder image of the divine?"

The poet spoke sadly, and his eyes were dim with tears. So, likewise, were those of Ernest.

At the hour of sunset, as had long been his frequent custom, Ernest was to discourse to an assemblage of the neighboring inhabitants in the open air. He and the poet, arm in arm, still talking together as they went along, proceeded to the spot. It was a small nook among the hills, with a gray precipice behind, the stern front of which was relieved by the pleasant foliage of many creeping plants that made a tapestry for the naked rock, by hanging their festoons from all its rugged angles. At a small elevation above the ground, set in a rich framework of verdure, there appeared a niche, spacious enough to admit a human figure, with freedom for such gestures as spontaneously accompany earnest thought and genuine emotion. Into this natural pulpit Ernest ascended, and threw a look of familiar kindness around upon his audience. They stood, or sat, or reclined upon the grass, as seemed good to each, with the departing sunshine falling obliquely over them, and mingling its subdued cheerfulness with the solemnity of a grove of ancient trees, beneath and amid the boughs of which the golden rays were constrained to pass. In another direction was seen the Great Stone Face, with the same cheer, combined with the same solemnity, in its benignant aspect.

Ernest began to speak, giving to the people of what was in his heart and mind. His words had power, because they accorded with his thoughts; and his thoughts had reality and depth, because they harmonized with the life which he had always lived. It was not mere breath that this preacher uttered; they were the words of life, because a life of good deeds and holy love was melted into them. Pearls, pure and rich, had been dissolved into this precious draught. The poet, as he listened, felt that the being and character of Ernest were a nobler strain of poetry than he had ever written. His eyes glistening with tears, he gazed reverentially at the venerable man, and said within himself that never was there an aspect so worthy of a prophet and a sage as that mild, sweet, thoughtful countenance, with the glory of white hair diffused about it. At a distance, but distinctly to be seen, high up in the golden light of the setting sun, appeared the Great Stone Face, with hoary mists around it, like the white hairs around the brow of Ernest. Its look of grand beneficence seemed to embrace the world.

At that moment, in sympathy with a thought which he was about to utter, the face of Ernest assumed a grandeur of expression, so imbued with benevolence, that the poet, by an irresistible impulse, threw his arms aloft and shouted-

"Behold! Behold! Ernest is himself the likeness of the Great Stone Face!"

Then all the people looked and saw that what the deep-sighted poet said was true. The prophecy was fulfilled. But Ernest, having finished what he had to say, took the poet's arm, and walked slowly homeward, still hoping that some wiser and better man than himself would by and by appear, bearing a resemblance to the GREAT STONE FACE. (1850)

피천득 연보

1910   서울 종로구 청진동 191번지에서 5월 29일 태어남(본관 : 홍성, 아버지 피원근, 어머니 김수성).

1916   아버지 타계. 유치원 입학, 동시에 서당에서《통감절요》를 배움.

1919   어머니 타계. 경성제일고보(현 경기고) 부속소학교 입학.

1923   제일고보 부속소학교 4학년 때 검정고시 합격으로 2년 월반하여 경성제일고보 입학. 춘원 이광수가 피천득을 자신의 집에 3년간 유숙시키며 문학, 한시 및 영어 지도.

1924   2년 연상인 양정고보 1년생 윤오영과 등사판 동인지《첫걸음》에 제목 미상의 시 발표.

1926   첫 시조〈가을비〉를《신민(新民)》2월호(10호)에 발표. 9월에 첫 단편소설 번역(알퐁스 도데의〈마지막 시간〉을 번역하여《동아일보》에 4회 연재).

1927   중국 상하이 공부국 중학교 입학(1930년 6월 30일 졸업), 흥사단 가입. 도산 안창호 선생에게 사사.

1930   첫 자유시〈차즘〉(찾음)을《동아일보》에(1930년 4월 7일) 발표(등단). 상하이 후장대학(현 상하이 대학교) 예과 입학(9월 1일).

1931   후장대학 상과에 입학, 후에 영문학과로 전과함.《동광》지에 시 3편(〈편지〉〈무제〉〈기다림〉) 발표.

1932   첫 수필〈은전 한닢〉을《신동아》(1932년 5월호)에 발표.

1934	내서니얼 호손 단편소설 〈석류씨〉 번역(윤석중 책임 편집 《어린이》지에 게재). 상하이 유학 중 중국 내전으로 일시 귀국하여 금강산 장안사에서 상월스님에게 1년간 《유마경》《법화경》을 배우고 출가까지 생각하였으나 포기.
1937	상하이 후장대학 영문학과 졸업(졸업 논문 주제는 아일랜드 애국시인 W. B. 예이츠).
1939	임진호와 결혼(시인 주요한 부인의 중매와 이광수 부인 허영숙의 추천). 장남 세영 태어남.
1940	서울 중앙상업학원 교원(1945년 1월 20일까지).
1941	경성제국대학 이공학부 도서관 고원(영문 카탈로그 작성).
1943	차남 수영 태어남.
1945	경성대학교 예과교수 취임(10월 1일), 그 이듬해 국대안 파동으로 사직서 제출(10월 22일).
1946	서울대학교 문리과대학 교수(1948년 2월 28일까지).
1947	첫 시집 《서정시집》(상호출판사) 간행. 딸 서영 태어남.
1948	서울대학교 사범대 영문과 교수 취임(3월 1일).
1954	미국 국무성 초청 하버드대 연구교수(1년간).
1957	《셰익스피어 이야기들》(찰스 램 외 저) 번역(대한교과서주식회사) 출간.
1959	《금아시문선》(경문사) 출간.
1963	서울대학교 대학원 영어영문학과 주임교수(1968년 1월 10일까지). 8·15표창 받음.
1964	《셰익스피어 쏘네트집》 번역(정음사) 출간.
1968	자신의 영역 작품집 《플루트 연주자(A Flute Player)》(삼화출판사) 출간.

1969	금아시문선《산호와 진주》(일조각) 출간. 미국의 여러 대학에서 한국 문학, 문화 순회강연. 영국 BBC초청으로 영국 방문.
1970	제37회 국제PEN 서울세계대회(대회장 : 백철) 참가 : 논문발표 및 한국시 영역 참여. 국민훈장 동백장 받음.
1973	월간문예지《수필문학》에 수필〈인연〉발표.
1974	서울대학교 조기퇴직(8월 14일자) 후 미국 여행.
1975	서울대학교 명예교수.
1976	수필집《수필》(범우사) 출간.
1977	《산호와 진주》로 제1회 수필문학대상 수상.
1980	《금아시선》《금아문선》(일조각) 출간.
1991	대한민국 문화예술상 은관문화훈장 수여.
1993	시집《생명》(동학사) 출간.
1994	번역시집《삶의 노래 ― 내가 사랑한 시, 내가 사랑한 시인》(동학사) 출간.
1995	제9회 인촌상 수상(시 부문).
1997	88세 미수기념《금아 피천득 문학전집》(전 4권, 샘터사) 출간.
1999	제9회 자랑스러운 서울대인 수상.
2001	영역 작품집《종달새(A Skylark: Poems and Essays)》(샘터사) 출간.
2002	단편소설 번역집《어린 벗에게》(여백) 출간.
2005	상하이 방문(상하이를 떠난 지 70년 만에 차남 피수영, 소설가 박규원과 함께).
2007	서울 구반포 아파트에서 폐렴 증세로 서울 아산병원에 입원한 뒤 별세(5월 25일). 경기도 남양주 모란공원(예술인 묘역)에 안장.

타계 후 주요 사항

2008 서울 잠실 롯데월드 3층 민속박물관 내 '금아피천득기념관' 개관.

2010 탄생 100주년 기념 제1회 금아 피천득 문학세미나 개최(중앙대).

2014 피천득 동화 《자전거》 창작 그림책(권세혁 그림) 출간. 2018년부터 피천득 수필 그림책 시리즈 《장난감 가게》(조태경 그림), 《엄마》(유진희 그림), 《창덕궁 꾀꼬리》(신진호 그림), 《서영이와 난영이》(한용옥 그림) 계속 출간.

2015 금아피천득선생기념사업회 결성(초대회장 석경징).

2016 부인 임진호 여사 별세(모란공원에 합장).

2017 서거 10주기를 맞아 《피천득 평전》(정정호 지음) 출간.

2018 서울 서초구 반포천변에 '피천득산책로'(서초구청) 조성.

2022 탄생 112주기, 서거 15주기를 맞아 《피천득 문학 전집》(전 7권)(범우사)과 《피천득 대화록》(범우사) 출간.

작품 해설

  사람이 나이가 들수록 어린이와 똑같아진다는 말이 있습니다. 참으로 진실입니다.
  한 해 한 해 나이 먹으면서 인생을 어떻게 살아야 하나 생각하다 보면 바로 순수한 아이 같은 마음으로 살면 된다는 해답을 얻기 때문입니다.
  그리고 그 아이들의 순수함을 닮고 싶다는 소망을 가지고 아이처럼 살려고 노력하게 되기 때문입니다.
  이 책에 실린 글들은 우리에게 친숙한 외국 작품들입니다. 나는 이 아름다운 이야기들을 어린 벗들에게 들려주고 싶어 아주 오래전에 이 작품들을 우리말로 옮겼습니다. - 피천득 《어린 벗에게》, 〈책을 내면서〉
  (2003년 5월)

들어가며: 이야기 번역으로 어린이 사랑하기

  금아 피천득은 평생 어린이를 사랑하고 존중했다. 금아琴兒라는 호에서 볼 수 있듯이 금아는 일생 거문고를 켜며(시로 노래하며) 어린이처럼 살기를 원했고 또 그렇게 어린이의 마음을 가지고 살아갔다. 별세하기 수년 전에 쓴 일종의 문학 선언문에서 그는 문학의 3대 목표를 (1) 순수한 동심 (2) 맑고 고매한 서정성 (3) 위대한 정신세계로 보았다. 자신의 문학에서 순수한 동심을 가장 중요하게 여겼던 피천득이 필연적으로 가장 좋아하고 또 많은 영향을 받은 영국 시인 윌리엄 워즈워스는 "어린이는 어른의 아버지"라고 선언한 바 있다.

피천득은 어린 벗들을 위해 일제 강점기부터 해방공간까지 짧은 외국 이야기 6편을 번역하여 어린이 잡지에 실었다. "이야기"의 힘을 잘 알고 있었던 피천득은 시와 수필에서도 많은 이야기를 만들어냈으며, 실제로 몇몇 수필〈유순이〉,〈은전 한 닢〉,〈여름밤의 나그네〉등은 거의 짧은 단편소설(또는 손바닥 소설)이라고 말할 수 있다. 더욱이 그는 짧은 시에서도 이야기를 만들어냈다. 이제 그의 수필〈이야기〉마지막 문단을 살펴보자.

우리는 이야기를 하고 산다. 그리고 모든 경험은 이야기로 되어 버린다. 아무리 슬픈 현실도 아픈 고생도 애 끊는 이별도 남에게는 한 이야기에 지나지 않을 것이다. 그리고 세월이 흐르면 당사자들에게도 한낱 이야기가 되어 버리는 것이다. 그날의 일기도 훗날의 전기도 치열했던 전쟁도 유구한 역사도 다 이야기에 지나지 아니한다.

이야기하기 또는 만들기(스토리텔링)는 인간이 가진 충동 중 하나다. 단편소설은 '이야기하는 동물(homo narrans)'인 인간의 서사 충동에서 시작된 가장 짧은 이야기다. 어린이들에게 가장 알맞은 서사문학은 바로 단편소설이다. 작가는 독자들을 단일한 플롯과 최소한의 등장인물로 집중시켜 작가가 의도하는 효과를 얻을 수 있다. 등장인물의 갑작스러운 깨달음, 허구 세계에 대한 숨겨진 비전, 진실의 번뜩임, 순간의 포착 등은 단편소설이 가진 장점이다. 길게 늘어지는 것보다 짧게 이야기를 전개하는 것이 강렬한 인상과 감동이 독자들에게 집중적으로 작동된다. 이제 피천득이 어린이들에게 번역 소개한 외국 단편소설에 관해 이야기해보자.

피천득은 젊은 시절부터 어린이를 위한 노래인 동시를 여러 편 짓고 〈자전거〉(1934), 〈꿀항아리〉(1959)라는 이야기인 동화도 썼다. 게다가 외국 단편소설을 번역하여 해방 전후로 《동아일보》와 아동 문학가 윤석중(1911~2003)이 편집한 《어린이》, 《소학생》 등 잡지에 소개했다. 그리고 수십 년 후 92세 되던 2002년, 피천득은 그가 지금까지 자신이 번역해 소개했던 외국 단편소설 6편을 모아 《어린 벗에게》를 펴냈다. 이 번역집의 제목은 원제가 〈사막의 꽃〉이었던 그의 산문시 〈어린 벗에게〉에서 그대로 가져왔다.

시인은 "이 거칠고 쓸쓸한 사막에는 다만 혼자서 자라는 이름 모를 나무 하나가 있습니다."라고 말하며 다음과 같이 계속한다.

나의 어린 벗이여, 그 나무가 죽으리라고 생각하십니까.
아닙니다. 그때 이상하게도 그 나무에는 가지마다, 부러진 가지에도 눈이 부시도록 찬란한 꽃이 송이송이 피어납니다.
그리고 이 꽃빛은 별 하나 없는 어두운 사막을 밝히고 그 향기는 멀리멀리 땅 위로 퍼져 갑니다.

피천득은 아마도 일제 강점기의 어두운 역사와 척박한 삶의 현장에서 어린아이들이 겪는 고통을 마음속에 그리며 모든 역경을 뚫고 다시 솟아오르는 모습을 상상했던 것 같다. 이 산문시는 어쩌면 어려서 부모님을 모두 잃고 홀로 남은 금아 피천득의 애달프고 힘든 삶의 여정을 그린 게 아니었을까. 이 외국 단편소설 번역은 이런 상황에 놓

여있는 "어린 벗에게" 보내는 격려와 위로의 이야기 모음집이다.

〈마지막 수업〉 (알퐁스 도데)

피천득의 외국 단편소설 최초 번역은 19세기 말 프랑스 작가 알퐁스 도데(1840~1897)의 〈마지막 시간〉(1871)이었다. 이 소설은 1926년 8월 19일 자 《동아일보》에 첫 회가 번역 소개되었고, 8월 20일 자, 8월 22일 자, 8월 27일 자에 계속 연재되었다. 피천득이 이 소설을 번역한 때는 16세 나이의 경성고보(현재 경기고) 학생이었다. 당시 그는 《동아일보》편집국장이던 춘원 이광수 댁에 유숙할 때였는데 프랑스어를 모르던 피천득이 원문을 번역했다기보다 영어 번역본이나 일본 번역본에서 중역(重譯)한 것으로 보인다.

당시 고보학생 피천득은 일제강점과 지배에 매우 강한 반감이 있었으며, 조선 문화와 조선어 말살 그리고 역사 왜곡 등에 저항하였다. 한번은 피천득이 무궁화와 벚꽃을 비유하며 일본문화를 비판하는 글을 썼는데 춘원이 너무 과격하다고 말렸다는 일화가 있다. 피천득은 〈마지막 시간〉 첫 연재 시작하기 전 쓴 "역자 주"에서 다음과 같이 말했다.

이 이야기는 불란서 북부 알사스·로렌 지방이 보불전쟁[프랑스와 프러시아 간 1870~1871년에 벌어졌던 전쟁] 이후에 독일한테 점령이 되었을 때 그 지방학교에서 불란서 말로 못 배우고 독일어를 배우라는 명령이 내려서 마지막으로 배운 시간을 불란서에서 유명한 작가 도데가 재미있게 지은 것입니다. 우리 조선사람으로는 더구나 보아야 될 글입니다.

이 글에서 피천득은 총독부 검열 때문에 노골적으로 모국어 사용을 주장하는 글을 낼 수는 없었을 것이나 마지막 문장에서 볼 수 있듯이 이야기 번역을 통해 모국어 보존과 사용의 중요성을 일제강점기 조선 독자들에게 전달하고자 했다. 보불전쟁에서 프랑스가 점령당하여 모국어를 못 쓰게 되는 상황이 1910년 일본의 조선 강제 합병으로 시작된 식민통치의 한민족 문화 말살 정책의 하나인 공공기관이나 학교에서 조선어 사용 금지와 병치 되어 어린 고보학생 피천득에게 하나의 충격을 주었을 게 틀림없다.

피천득 번역의 처음 제목은 〈마지막 시간〉이었지만 1948년 5월 아동지 《소학생》에 개역해서 발표한 이 소설의 제목은 〈마지막 공부〉였다. 그러다 1960년대 국정교과서 국어책에는 〈마지막 수업〉으로 제목이 다시 바뀌었다. 2002년 《어린 벗에게》에 실린 이 소설 앞에 "이 단편소설은 보불전쟁을 배경으로 나라를 빼앗긴 슬픈 현실을 그리면서 애국심을 일깨워 주는 이야기"라고 소개하고 있다.

피천득의 번역을 직접 읽어보자.

습자 다음에는 역사 공부를 하였습니다. 그리고 작은 아이들은 다같이 바, 베, 비, 보, 뷰를 불렀습니다. 저 교실 뒤에서는 늙은 오젤 영감님이 안경을 쓰고, 두 손에 맞춤법 책을 들고 그 아이들과 같이 글자를 읽느라고 애를 썼습니다. 그도 열심이었습니다. 목소리는 감격하여 떨렸습니다.

여기 위 구절에 대한 프랑스어 원문을 제시한다.

Aprés l'écriture, nous eûmes la leçon d'histoire; ensuite les petits chantèrent tous ensemble le ba be bi bo bu. Là-bas, au fond de la salle, le vieux Hauser avait mis ses lunettes, et, tenant son abécedaire à deux mains, il épelait les lettres avec eux. On voyait qu'il s'appliquait lui aussi; sa voix tremblait d'émotion; et c'était si drôle de l'entendre, que nous avions tous envie de rire et de pleurer. Ah! je m'en souviendrai de cette derniére classe.

영어원문도 참고로 제시한다.

After the writing lesson, we had history. Then the youngest children chanted their ba, be, bi, bo, bu. At the back of the room old Hauser was crying. His voice trembled with emotion as he said the words with them. It was so funny to hear him that we all wanted to laugh and cry. I remember that last lesson well!

이번에는 불문학 전공 교수의 번역을 보자.

글씨 쓰기 다음은 역사 시간이었고, 그다음은 어린 학생들이 모두 함께 "바 베 비 보 뷰"를 노래했다. 교실 뒤편을 보니 오제르 영감님도 안경을 쓰고서 두 손으로 그의 초급 프랑스어 교본을 들고, 어린 학생들과 함께 한 자 한 자씩 더듬더듬 발음하고 있었다. 그도 역시 열중하고 있다는 것을 알 수 있었다. 그의 목소리는 감동하여 떨리고 있었다. 그래서 그의 목소리를 듣고 있으면 너무나 우스워서 우리들은 모두 웃음이 터져 나올 것도 같고 울음이 터져 나올 것도 같았다. 아아! 나는 이 마지막 수업을 영원히 잊지 못하리라! (정봉구 옮김)

여기서 아동문학 번역가 피천득과 불문학 교수의 번역을 비교해 보자. 비교는 번역의 우월을 가리자는 게 아니라 각 번역의 차이와 특징을 보기 위해서다. 피천득 번역은 우선 여러 부분을 생략하여 짧고 간결한데, 이것은 한국 어린이를 위한 역자의 배려일 것이다. 그러나 전문 학자의 번역은 당연히 생략된 부분이 없고 직역인데, 이것은 일반 성인 독자들을 위해 원문을 충실히 옮기기 위한 학자 번역가의 태도다. 이에 반해 아동 문학가 피천득의 번역은 전체 맥락을 훼손하지 않는 범위에서 문단 길이를 줄였고 자연스럽게 번역하려고 노력했다. 따라서 이 두 번역은 목표로 삼는 독자에 따라 번역의 원문 충실도를 조절한 것으로 볼 수 있다. 아동을 염두에 두었던 피천득의 이런 번역 태도는 이 책에 실린 다른 5권의 단편소설에서도 그대로 적용된다.

〈마지막 수업〉은 우리에게 너무 잘 알려져 내용을 소개할 필요도 없을 정도다. 이 단편소설에서 주인공 "나"는 평소에 모국어인 프랑스어를 별로 열심히 공부하지 않았다. 그러나 프러시아 병정들이 주인공이 사는 조국 프랑스의 접경지역 알사스-로렌을 침공하자 마을 사람들, 부모들, 교사들, 학생들이 모두 새로운 상황에 대해 정신을 차리는 것을 알게 된다. 그날도 들로 놀러 나가려는 계획을 바꾸어 학교로 뛰어간 주인공은 아멜 선생님의 프랑스어로 하는 "마지막 시간"에 참석한다. 프랑스 역사와 문법을 배우는 "마지막 수업"이다.

40년간 가르치신 아멜 선생님에 대한 경의를 표하기 위해 감사와

외적의 침입으로 쓰러져가는 조국 프랑스 동네 유지들도 여럿 참석한다. 이 숙연한 "마지막 시간"에 교사, 학생, 학부형, 동네 유지 모두 진지하였다. 아! 평소에도 모국어와 역사 공부를 이렇게 열심히 했더라면!

아멜 선생님의 다음의 마지막 말씀은 아직도 언제 어디서나 우리들의 귀를 울린다.

> 프랑스말은 세계에서 제일 아름답고, 제일 똑똑하고, 제일 힘 있는 말이라고 하시고, "한 민족이 남의 나라의 노예가 되더라도 국어를 꼭 지키고 있는 동안은 갇힌 사람이 그 감옥의 열쇠를 가지고 있는 것이나 마찬가지니… 잘 지키고 잊어버려서는 안 된다."

어린 피천득은 일제강점기인 1926년 이 구절을 번역하면서 얼마나 혼이 울리고 가슴에 피가 끓었을까?

소설 끝부분에 아멜 선생이 칠판에 큰 글씨로 힘있게 쓴 "프랑스 만세!"는 당시 서울 한복판 종로구 청진동에 살던 피천득이 10살이던 1919년 3월 1일부터 조선 반도에 오랫동안 울려 퍼지던 "대한민국 만세"와 합쳐지는 벅찬 순간이었으리라.

2. 〈석류씨〉 (내서니얼 호손)

피천득은 일제강점기에 내서니얼 호손(1804~1864)의 이야기 〈석류씨〉(1853)를 번역해 《어린이》 12권 1호(1934년 1월)에 게재했는데, 거의 중편소설 분량의 비교적 긴 단편소설이다. 작가 호손이 그리스 신화인 디메테르(케레스, 이 소설에서는 '세레즈'로 되어 있다) 여신과 그 딸 페르세포네에 관한 신화를 어린이들을 위해 그 내용을 상당 부분 개작, 번안한 작품이다. 1853년 출판된 호손의 단편소설집《탱글우드 이야기들》에 실린 이 이야기를 피천득은 일제강점기 한반도 어린이들을 위해 한국어로 개역, 번안하였고 번역과정에서 원작 소설의 거의 반에 가깝게 생략하였다. 생략된 부분은 프로셀피나[신화 속 원래 이름은 페르세포네]가 지하세계 플루토 왕의 궁전에서의 생활이다. 피천득은 이 부분을 이야기의 진행상 크게 훼손되지 않는 한에서 삭제한 것으로 보인다. 이렇게 보면 피천득의 번역은 원래 그리스 신화에서 두 단계로 개역 되었다고 볼 수 있다. 이제는 피천득 번역을 중심으로 이 단편소설의 내용을 요약해보자.

전 세계의 곡식이나 과실을 관장하느라 무척 바쁘게 지내는 곡식의 여신 세레즈는 사랑하는 외동딸 프로셀피나가 혼자서 들로 나가는 것을 금지한다. 어느 날 엄마 세레즈는 용이 끄는 마차를 타고 나가려는 찰나에 딸이 혼자 있는 게 심심하니 바닷가의 님프들과 놀고 싶다고 조르자 허락을 하였다.

프로셀피나는 님프들이 예쁜 조개껍질을 가지고 목걸이를 만들어 주자 자신이 들로 나가 아름다운 꽃을 꺾어와 꽃다발을 만들어 주겠다고 한다. 님프들은 반대하였으나 프로셀피나는 고집을 부리고 들로 나가 아름다운 꽃들을 많이 따기 위해 더 먼 곳 더 깊은 곳으로 들어간다. 화사한 꽃을 따기 위해 나무를 힘껏 당기니 뿌리까지 뽑히고 바닥이 보이지 않을 정도의 깊고 큰 구멍이 보였다.

그 순간 4마리의 검은 말이 끄는 수레가 우르릉거리는 소리를 내며 나타났고 거기에는 화려한 옷을 입고 다이아몬드 왕관을 쓴 사람이 타고 있었는데, 그는 프로셀피나에게 무서워하지 말고 마차를 타라고 했다. 그녀는 무서워서 "엄마"를 불렀으나 어머니 세레즈 여신은 듣지 못했다. 결국, 프로셀피나는 저승의 신 플루토에게 이끌려 지하세계로 내려가게 된다.

계속해서 질러대는 울음소리가 마침내 엄마 귀에 들어갔고 세레즈 여신은 수소문 끝에 딸이 지하세계로 납치되었다는 사실을 알게 된다. 외동딸을 열심히 찾던 여신은 지하세계로 내려갈 수 없어 신들의 왕인 태양의 신 피버스(제우스)를 찾아가 딸을 구해달라고 부탁한다. 피버스가 지하세계는 햇빛은 없지만 지낼 만하다고 위로하자 엄마 여신은 화를 내며 외동딸을 흉악한 저승의 신 플루토에게서 구해달라고 간청한다. 그러나 형제인 플루토의 심기를 건드리기 싫은 피버스는 완곡하게 거절한다.

화가 난 곡식의 여신 세레즈는 딸을 찾아오기 전에는 이 지상의 사람과 짐승들이 먹고 사는 곡식이나 풀을 하나도 열리지 않게 하겠다고 작정했다. 큰 재앙이 시작되자 어쩔 수 없이 퀵 실버를 지하세계 플루토 왕에게 사신으로 파견하였다. 플루토 왕의 깊은 지하 궁전에서 프로셀피나가 지낸 기간은 벌써 6개월이 지났다. 그녀는 궁전에서 주는 맛있는 고기, 과일도 먹지 않았다. 프로셀피나는 이 화려한 지하 대궁전의 많은 보석과 장식보다 지상에서의 아름다운 꽃이 더 좋았다.

플루토 왕은 지하 궁전이 음울한 궁전이지만 프로셀피나가 좀 더 쾌활하게 지낸다면 이 궁전도 환해질 것이라고 말한다. 그녀는 결국 작은 손을 플루토 왕의 손에 얹으며 "나는 당신이 조금은 좋아요"라고 말한다. 왕은 그녀를 위하여 신하들에게 지상에 가서 맛있는 과일을 구해오라고 명했다. 그러나 지상은 지금 세레즈 여신이 재앙을 내렸기 때문에 맛있는 과일을 구하지 못하고 말라빠진 석류 하나만 가져왔다. 처음에는 거부하던 그녀가 그 석류를 입에 넣고 깨물었기에 일부는 먹은 것이 되었다. 사실은 플루토 왕은 피버스의 사자가 와서 프로셀피나를 지상으로 올려보내라는 명을 받고 그렇게 하리라고 마음먹고 있었다. 그래서 그녀에게 석류를 먹기를 권했던 것인데, 지상의 음식을 일단 먹으면 지하세계의 규칙에 따라 프로셀피나는 지상으로 올라가더라도 반드시 1년 중 6개월은 지하세계로 다시 내려와야 하기 때문이다.

프로셀피나는 퀵 실버와 함께 지하세계를 떠나 지상으로 올라와 엄마인 세레즈 여신과 재회한다. 만나자마자 엄마가 딸에게 플루토 왕의 지하세계 궁전에서 어떤 음식을 먹었느냐고 물었고, 딸은 그동안 지상의 과일을 못 먹었던 터라 너무 먹고 싶어 오늘 아침 석류 한 개를 입에 넣고 깨물다가 씨앗 6개가 입안에 남았다고 말한다. 이렇게 되어 안타깝게도 프로셀피나는 앞으로 6개월은 지상에서 나머지 6개월은 지하세계에서 지내야만 한다. 그녀는 의외로 엄마에게 플루토 왕이 지난 6개월 동안 어느 정도 좋은 사람으로 바뀐 것 같아 자신도 기쁘다며 왕을 너무 나쁘게 말하지 말라고 부탁한다. 이렇게 이 단편소설은 끝이 난다.

이 소설에서 과연 '석류'의 의미는 무엇인가? 씨앗을 보면 알 수 있듯이 석류는 풍요와 다산을 상징한다. 석류를 입에 넣은 후 프로셀피나가 지상으로 올라오자 지상의 곡식과 채소는 다시 소생하게 되었다. 나아가 욕정을 나타내는 붉은 석류는 죄와도 관련이 있다. 프로셀피나는 다시 만난 여신 엄마에게 자기도 모르게 한꺼번에 식욕이 몰려와 "너무 배가 고파서 한 입 물고 싶은 충동을 느꼈"다고 고백한다. 이것은 지하왕 플루토가 프로셀피나를 강제로 겁탈하여 왕비로 삼은 것을 지칭할 수도 있다. 또 다른 의미에서 불타는 듯한 붉은색의 석류는 프로메테우스가 인간의 복지를 위해 훔쳐낸 지하의 불을 연상시킨다. 프로셀피나가 석류 씨를 먹고 지상으로 회귀하자 세레즈 여신의 저주가 풀려 녹색 식물들이 다시 살아남은 것은 간접적으로 풍요를 의미할 수 있다.

여기서 "석류 씨"의 의미는 더 다양하게 해석될 수 있다. 씨앗이란 땅속(지하)에 들어가 썩어야 싹을 내고 그와 똑같은 과실이나 열매를 맺기 마련이다. 다른 말로 하면 씨앗이 썩어야 즉 죽음과 자기희생을 통해 다시 살아나는 것이다. 이질적인 지상(프로셀피나)과 지하(플루토 왕)가 결합(결혼)하여 즉 사랑과 화해를 통해 새로운 질서가 형성된다. 삶이란 밝고 화려한 지상의 요정 세계만이 아니라 어둡고 음습한 지하의 귀신 세계가 공존하며 화해되어야 한다. 여기서 희망과 생명의 봄과 절망과 죽음의 겨울이 교차하는 계절의 순환도 볼 수 있다. 그리스 신화를 개작한 작가 내서니얼 호손과 호손의 개작 소설을 한국 어린이들을 위해 다시 한국어로 축약 번역한 피천득은 이 단편소설의 의미를 어떻게 보았을까? 아마도 어리고 젊은 프로셀피나가 앞으로 지상 세계와 지하세계를 6개월씩 오가며 가교역할을 함으로써 갈등과 대립을 넘어 사랑과 화해를 가져오고 분쟁과 전쟁을 넘어 안정과 평화를 이루는 프로셀피나의 역할을 높이 평가한 것이 아니었을까? 피천득은 암흑시대인 일제강점기 어린이들에게 꿈과 희망을 주기 위해 이 소설을 번역했을 것이다.

3. 〈거리를 맘대로〉 (작자 미상)

작자를 알 수 없는 이 짧은 이야기는 내용이 단순하고 간단하다. 피천득은 이 일인칭 이야기에 대해 다음과 같이 말한다.

> 지은이를 알 수 없는 이 작품은 아빠 없이 엄마와 함께 어렵게 살아가는 한 아이가 주위 아이들의 놀림과 학대에 맞서 당당하게 자라나는 과정을 그린 이야기입니다.

이 이야기의 영어원문을 구할 수 없어 번역에 관한 논의가 어렵다. 이 단편소설 원본을 전부 다 번역한 것인지, 직역한 건지 자유역을 한 것인지 알 길이 없으나 피천득은 늘 그러하듯이 우리나라 어린이를 위해 원문을 의역하기도 하고 필요 없다고 판단되면 일부를 생략했을 수도 있다. 이 이야기는 해방 후 아동문학가 윤석중이 주관하는 잡지 《소학생》 6호(1946년, 3월)에 실렸다.

이름을 알 수 없는 이 소설의 주인공 '나'는 어려서부터 '배고픔'과 '무서움'을 이기는 법을 배워야 했다. "엄마, 배가 고파"라고 말해도 엄마의 대답은 "글쎄, 먹을 것이 어디 있니?"이다. 엄마가 남의 집 파출부로 일하면서 나와 동생은 '빵 한 덩어리와 차 한 주전자'로 온종일 지낼 수밖에 없다. 어느 날 엄마는 나에게 바구니와 돈, 살 물건들을 적은 작은 종이를 주고 먹을 것을 사 오라는 심부름을 시켰다. 그러나

가게로 가는 길에 나쁜 아이들을 만나 매 맞고 돈과 바구니도 빼앗긴 채 돌아왔다. 이러기를 여러 차례 계속되었다.

엄마는 나를 도와주지 않았고 오히려 "집에 들어오지 못한다. 오늘 밤에는 네가 맞대들어서 네 힘으로 싸울 수 있는 것을 가르칠 테다"라고 말한다. 나는 할 수 없이 거리의 아이들에게 또 매 맞을 각오를 하고 작대기를 하나 들고 집을 나섰다. 이번에는 거리에 아이들이 또 나타나자 나는 이를 악물고 눈물을 흘리면서도 작대기로 후려치며 그들을 모두 쫓아 버렸다. 그러자 그 아이들의 부모들이 나와서 나를 혼내려 하였으나 나는 어른들에게까지 소리를 지르며 모두 다 두들겨 패겠다고 소리 질렀다. 마침내 나는 식료품 가게에서 쪽지에 적힌 대로 음식물을 사서 돌아왔고 그 후로는 그 거리를 마음대로 걸어 다닐 수 있었다.

이 이야기의 '나'와 '엄마'를 보니 1910년대 후반 일제강점기에 피천득 자신이 어렸을 때 모습이 떠오른다. 피천득은 1907년 아버지를 여의고 서울 종로구 청진동에서 엄마와 둘만 살게 된다. 그러나 그것도 잠시 1910년 엄마마저 돌아가셔서 천애 고아가 되었다. 피천득은 이 소설의 '나'처럼 '배고픔'에는 시달리지 않았지만 '무서움'은 어느 정도 관계가 있어 보인다. 상당한 재산을 남기고 아버지가 일찍 돌아가시자 친척들 사이에 유산분배 문제로 시끄러웠다고 한다.

그러나 사실은 이런 개인적 가정사보다 더 큰 맥락에서 일제강점기의 삶의 모습과 연계시킬 수도 있을 듯하다. 어렸을 때부터 누구보다 감수성이 예민했던 피천득은 일제의 감시와 억압을 견딜 수 없었을 것이다. 그래서 피천득은 16세에 경성고보를 중퇴하고 중국 상하이로 유학의 길을 떠난 것이리라. 나라가 힘이 약해 강대국들의 먹잇

감이 되었다는 것을 뼈저리게 느낀 피천득은 이 이야기의 '나'처럼 자신의 힘을 기르는 게 중요함을 누구보다도 일찍 깨달았다.

사실 한반도는 역사적으로 그리고 지정학적으로 사방에 큰 나라들로 둘러싸여 임진왜란과 병자호란에서 볼 수 있듯이 언제나 주변국의 간섭과 침략을 당해왔다. 19세기 후반의 최근세사만 보더라도 북방대륙세력인 중국과 러시아, 남방해양세력인 일본과 미국 사이에 끼어있는 극동의 화약고였다. 이런 엄혹한 상황에서 우리는 주변 강대국에 복종할 것이 아니라 이미 언제나 스스로 힘을 키울 수밖에 없다. 일제강점기의 조선 어린이들의 모습이 연상되는 이 소설의 소년 이야기는 거리의 나쁜 소년들을 격퇴하고, 어려움을 견뎌내며 꿋꿋하게 성장하는 모습을 그리고 있다.

4. 〈하얗게 칠해진 담장〉 (마크 트웨인)

이 단편소설은 미국 소설가 마크 트웨인(1835~1910)이 쓴 장편소설 《톰 소여의 모험》(1876)의 제2장 〈영광스러운 칠하는 사람〉을 번역한 것이다. 이 소설은 마크 트웨인이 자신의 소년 시절 겪었던 여러 가지 일들에 기초해서 쓴 작품으로, 19세기 말 미국 미시시피강 지역 어린이들의 삶이 생생하고 재미있게 재현되고 있다. 피천득은 장편소설 제2장에서 뒷부분은 생략하고 이야기 중심으로 번역하였고 제목도 〈하얗게 칠해진 담장〉으로 바꾸었다. 트웨인 소설의 영어원문과 피천득 번역을 대조, 비교해 보면 알 수 있듯이 피천득은 한국의 초중등학생들에 수준에 알맞게 대체로 의역(자유역)하였고 어떤 긴 부분은 축약 번역하기도 했다. 피천득의 번역 원칙인 "쉽고 재미있고 짧게"에 충실하였으나 소설의 전체적 흐름을 잘 따르고 있다. 이 번역 단편소설도 윤석중이 주간이던 어린이 잡지《소학생》66호(1949년 4월)에 실렸다.

이 부분의 주인공 톰 이야기는 잘 알려져 있다. 어느 화창한 여름날 그것도 토요일 아침이다. 트웨인은 배경과 분위기를 매우 낭만적으로 활기차게 시작한다.

여름 세계는 어디나 밝고 새롭고 생명의 기운이 넘쳤습니다.
누구의 가슴에나 노래가 샘솟고, 그 가슴이 젊으면 노래가 입 밖으로 흘러 나왔습니다. 얼굴마다 웃음이 있고 걸음걸이는 가벼웠습니다. 아카시아 나무에는 꽃이 피고 그 향기는 공기 속에 가득 찼습니다. 마을 건너 저편에 솟아 있는 카다프 산은 푸르른 대로 푸르고, 멀리 떨어져 보이는 그 자태가 마치 꿈꾸는 듯, 조는 듯 그리고 이리로 오라는 듯이 사람의 마음을 끌며 옛날 책에나 나올 것 같은 낙원으로 보였습니다.

여기에 위 번역 부분의 영어원문을 제시한다.

Saturday morning was come, and all the summer world was bright and fresh, and brimming with life. There was a song in every heart; and if the heart was young the music issued at the lips. There was cheer in every face and a spring in every step. The locust trees were in bloom and the fragrance of the blossoms filled the air. Cardiff Hill, beyond the village and above it, was green with vegetation, and it lay just far enough away to seem a Delectable Land, dreamy, reposeful, and inviting.

그러나 톰은 이 화려한 날 아침에 긴 널빤지 담장에 횟가루를 칠해야 하는 큰일을 맡았다. 이 아름다운 날 이런 지겨운 일을 한다는 게 싫은 톰은 시작 전부터 "세상이 싫증이 나고 사는 것이 무거운 검을 진 것"처럼 느낀다. 담장 꼭대기를 한번 칠하고 나니 남아있는 많은 작업의 무게에 벌써 맥이 풀렸다. 그러나 큰 길가 펌프 앞에 친구들이 물통을 들고 차례를 기다리고 있었다. 그곳의 아이들은 백인 아이, 흑인 아이, 혼혈 아이들이 섞여 있다. 톰은 짐에게 이 담장 칠하는 걸 도와주면 물을 길어다 주겠다고 제안한다.

그러나 짐은 다른 짓 하지 말라는 주인아주머니의 엄한 명령을 받았기에 거절한다. 톰은 주인아주머니가 그렇게 무서운 사람이 아니라며 다시 좋은 구슬 하나 주겠다고 제안한다. 이에 짐은 톰의 꼬임에 넘어가지만, 주인아주머니가 나타나 모든 것이 허사가 되었다. 톰은 이 화창한 토요일에 이 지겨운 담장 칠을 하는 게 화가 날 정도였다. 톰은 주머니에서 이것저것 꺼내 보았으나 친구들을 꼬일 정도는 아니라 시무룩해 있는데 갑자기 '훌륭한 묘안'이 떠올랐다.

그때 벤 로저스가 사과를 먹으며 열심히 혼자 기선 놀이를 하면서 지나가고 있었다. 벤이 톰에게 말을 걸었으나 톰은 자신의 하얀 횟물칠하는 일에 재미있게 몰두한 것처럼 못 들은 척했다. 벤은 처음에는 그 일이 그렇게 재미있다고 믿지 않았으나 결국에는 톰의 일이 너무 재미있을 것 같아 "얘, 톰아, 나 조금만 칠해보자"라고 부탁한다. 그러나 톰은 단호하게 거절한다. 이 일은 톰 자기만이 할 수 있지 아무나 할 수 없다고 하자 벤은 톰에게 먹던 사과까지 건네주면서 자기가 칠하게 해달라고 애원하였다. 할 수 없다는 듯 톰은 벤에게 일을 맡기고 나무 그늘에서 쉬면서 다른 친구들도 꼶려 먹을 궁리만 하고 있었다.

　친구 아이들이 이 좋은 날에 일하는 톰을 놀려먹으러 왔다가는 차례로 톰의 꼬임에 빠져 담장 칠을 도맡아서 하게 된다. 더군다나 톰은 그 대가로 친구들에게 여러 가지 장난감을 받아 수북이 쌓아놓았다. 그동안 톰은 손 하나 까딱하지 않고 쉬면서 놀았지만, 담장 횟칠이 세 겹이나 이루어졌다. 여기 소개된 이야기를 보면 기지와 재치가 탁월한 톰 소여가 친구들 골려 먹는 이야기에 실소를 금치 못한다. 그러나 거기에는 어떤 악의나 적의가 있지 않고 오직 유머와 웃음이 있을 뿐이다.

　피천득이 번역하지 않고 삭제한 이 소설의 마지막 부분에서 작가 마크 트웨인은 갑자기 철학적 주제를 꺼낸다. 이 소설을 읽는 독자가 성인이 아니라 어린이였다면 당황했을 것이다. 작가는 여기서 '노동'과 '놀이'의 차이를 설명한다. 노동은 의무적으로 해야만 하는 것이고 놀이는 의무적으로 할 필요가 없다는 것이다. 그렇다면 톰 대신 친구들이 한 담장 칠하기는 의무였을까 놀이였을까? 아마도 놀이 아니었을까? 가령 취미가 독서인 보통사람의 책 읽기는 '놀이'고 강의와 저술을 위한 학자들의 책 읽기는 '의무'인가? 우리의 일상적 삶 속에서 가능한 모든 일을 놀이로 생각하고 수행한다면 우리 세상이 천국이 되는 것일까?

　이 소설 〈머리말〉에서 작가 마크 트웨인은 자신의 소설 계획을 다음과 같이 언명한다.

나의 소설이 주로 소년 소녀들을 즐겁게 하려고 쓰였다고 하지만 나는 그런 이유로 성인남녀들이 이 소설을 읽기 꺼리지 않기를 바란다. 나의 집필 계획의 일부는 성인들이 한때 그들 자신이 어떠했는지와 그들이 어떻게 느꼈고, 생각했고, 말했는지 그리고 그들이 간혹 얼마나 이상한 모험에 빠져들었는지를 즐겁게 회상할 수 있도록 만드는 것이다.

어떤 의미에서 이 소설은 '어른이'(어린이 + 어른)를 위한 책이다. 어른들이 성장한 후 즐거웠던 어린 시절을 하나의 '기억'으로 생각해낼 수 있기를 바라는 것이다. 피천득은 수필 〈장수〉(長壽)에서 회상할 즐거운 '기억'을 많이 가지고 있는 사람이 진정으로 부유한 사람이라고 언급한 적이 있다. 이렇게 볼 때 피천득이 오래전에 어린이들을 위해 번역한 이 이야기들은 결국 오늘날 어린이와 어른들이 함께 읽어야 할 책이 될 것이다. 영국 낭만주의 시인 워즈워스의 '영생불멸'을 깨닫게 만드는 어린 시절의 즐거운 회상은 오늘날 황폐한 시대를 살아가는 어린이는 물론 어른들에게도 필요한 부분이 아닐까?

5. 〈아름다운 흰말의 여름〉 (윌리엄 서로이언)

윌리엄 서로이언(1908~1981)의 단편소설 〈아름다운 흰말의 여름〉(The Summer of Beautiful White Horse)은 1940년 간행된 단편소설집 《내 이름은 아람》에 수록되어 있다. 피천득은 이 소설을 번역하여 윤석중이 주관하는 아동 잡지 《소학생》 68호(1949년 6월)에 게재했다. 소설가 서로이언의 조국 아르메니아는 동부 유럽과 아시아 서부 캅카스 지역에 있는 내륙국가로 주위에 터키, 조지아, 이란, 아제르바이잔 등의 나라가 있다. 18세기까지 주변 국가의 지배를 받았으나 1920년 세브르 조약으로 독립하였다가 1936년 구 소비에트 연방에 편입되었고 1991년 소련 해체와 더불어 다시 공화국체제의 독립 국가가 되었다. 총인구는 300만 명 정도이고 고유어인 아르메니아어를 사용하고 있으며 종교는 기독교계인 아르메니아 정교다. 윌리엄 서로이언은 아르메니아에서 미국으로 이주해 온 소수민족 이민자 작가다.

정규교육보다 독서와 독학으로 성장한 윌리엄 서로이언은 미국 주류 사회에서 주변부 타자임이 분명하며 그의 소설은 이런 비주류 주변부와 소수민족에 관한 이야기가 많다. 특히 이 단편소설에서는 독립되기 전 아르메니아의 전통적 삶의 단편적 모습을 소박하고 아름답게 그려내고 있다.

이 이야기의 주인공 '나' 아람은 아홉 살로, 어느 날 먼동이 틀 무렵인 새벽에 사촌 모래드가 찾아온다. 그런데 놀랍게도 모래드는 아름다운 하얀 말을 타고 있었다. 모래드가 세상을 즐겁게 사는 줄은 알았으나 말을 타보는 게 소원이었던 '나'는 너무 가난해서 엄두도 낼 수 없는 일이었다. 그러나 가난한 아르메니아 사람들은 수천 년 동안 정직한 것으로 유명하다.

우리는 첫째 거만하고, 그 다음에는 정직하고, 그 다음에는 옳고 그른 것을 가렸습니다. 도둑질은 말할 것도 없고, 남을 해롭게 하는 사람은 우리 친척 중에는 한 사람도 없었습니다.

아르메니아 사람의 민족적 특징을 잘 말해주는 구절이다.

나는 가난한 모래드가 말을 타고 온 것을 보면 훔친 게 분명하다고 생각했다. 그런데도 나는 말을 얻어 타보고 싶어 계속 따지지 않았고, 더욱이 말을 훔치는 것은 돈을 훔치는 것과는 다르다고 생각했다. 말을 훔쳐 팔려고만 하지 않는다면 말이다. 나와 모래드는 아름다운 하얀 말을 타고 포도원, 과수원, 봇도랑, 시골길을 달렸다. 함께 말을 타며 노래도 불렀고 나중에는 혼자 말을 타고 신나게 달렸다. 포도원 포도 덩굴을 뛰어넘다 나는 말에서 떨어져 말이 도망갔으나 모래드가 그 말을 다시 찾아 데리고 왔다. 모래드와 나는 결국 말을 어느 외딴 포도원 외양간으로 데려다 숨겨 놓았고 나는 집으로 돌아와 아침밥을 맛있게 먹었다.

그날 오후 성격이 활발하고 대범한 코스로브 아저씨가 우리 집 사랑방에 와서 커피를 마시고 담배를 피웠다. 얼마 후 말 주인인 농부 비로 씨가 놀러 왔다. 그는 지난번 도둑맞은 흰말을 아직 못 찾았다고 투덜거렸다. 코스로브 아저씨는 화가 난 듯 큰 소리로 말했다. "그건 해롭지 않아. 그까짓 말 한 마리 잃어버린 것이 뭐야. 우리는 모두 나라를 잃어버리지 않았나? 말 한 마리 때문에 무얼 그러나?" 코스로브 아저씨는 매사에 항상 "그까짓 것 걱정 말아"라고 말하는 사람이었다.

나는 말 주인 비로 씨가 간 후 모래드의 집으로 달려갔다. 모래드는 다친 새를 날려 보내려고 치료하고 있었다. 빨리 말을 주인에게 돌려주어야 한다고 내가 말하자 모래드는 말 타는 법을 배우기 위해 여섯 달은 돌려주지 않겠다고 했다. 우리는 2주일간 말을 더 탔고 그 후 어느 날 포도원 가는 길에 바로 말 주인 존 비로 씨와 마주쳤다. 비로 씨는 이 말이 자기가 잃어버린 말과 너무 똑같다고 말하면서도 아르메니안 일가의 정직을 믿었기에 의심하지 않고 그냥 가버렸다.

그 이튿날 우리는 말을 비로 씨 농장 외양간 속에 데려다 놓았다. 그날 오후 비로 씨는 그 말을 맨 마차를 타고 우리 집에 와서 말을 다시 찾았다고 말하며 말이 더 튼튼해지고 성질도 더 좋아졌다며 하나님 덕택이라고 좋아했다. 마침 사랑방에 있던 코스로브 아저씨는 "떠들지 말게, 떠들지 말아. 자네 말이 돌아왔다지. 그거 걱정하지 말아" 하고 큰 소리로 말했다.

여기서 우리는 주변국에 나라까지 잃었으나 정직하고 소박하게 살아가는 아르메니아인들의 일상적 삶의 가치를 볼 수 있다. 미국에 이민 와서 1929년 시작된 경제 대공황을 겪은 작가 서로이언은 대공황 이후의 천민자본주의 미국 사회의 타락과 혼란 속에서 작가 생활을 시작했다. 서로이언은 어린 시절 고국 아르메니아에서 있던 소중하고 아름다운 기억을 잘 짜인 재미있는 이야기로 남겼다. 결국, 작가들이란 과거의 오래된 추억들을 현재 이야기로 만들어 미래를 위해 보존하고 재현하는 기록자들이 아닌가. 피천득은 이 작은 이야기를 번역 소개함으로써 복잡하고 혼란스러운 현대 생활 속에서 먼 나라 아르메니아의 가난하고 억압받는 삶 속에서도 사랑과 유머를 잃지 않고 아름답게 살아가는 사람들의 감동적 이야기를 한국의 어린이들에게 소개하고자 했을 것이다.

작가 서로이언은 고단한 미국 이민 생활 중에 조국 아르메니아에서의 아름다운 어린 시절 추억으로 얼마나 커다란 위안과 힘을 얻었겠는가? 누구에게나 어린 시절의 소중한 기억은 어른이 되어 어렵고 힘들 때 삶의 힘이 될 수 있다. 왜냐하면, 그것은 살아가면서 언제라도 마실 수 있을 힘의 샘물(원천)이기 때문이다.

6. 〈큰 바위 얼굴〉 (내서니얼 호손)

1960년대 국정 국어교과서에 실려 학생들에게 큰 감동을 주었던 내서니얼 호손(1804~1864)의 단편소설 〈큰 바위 얼굴〉(1850)을 피천득은 다음과 같이 소개하고 있다.

> 이 소설은 "비록 소박하고 평범한 사람일지라도 착한 행위와 신성한 사랑을 행하며, 끊임없이 자기 탐구를 행하여, 마침내는 말과 사상과 생활이 일치되는 것이 진실로 위대한 것"임을 보여주고 있습니다. (《어린 벗에게》, 피천득 번역소설집, 120쪽)

〈큰 바위 얼굴〉이야기는 이미 널리 알려졌지만 몇 마디 해보면, 소설 주인공 어니스트가 살던 마을에는 오래전부터 언젠가 '큰 바위 얼굴'을 닮은 훌륭한 인물이 배출될 것이라는 전설이 내려오고 있었다. "그 얼굴은 생김생김이 숭고하고 웅장하면서도 다정스러워 마치 그 애정 속에 온 인류를 포용하고도 남을 것만 같"은(123쪽) 그 사람이 보고 싶었던 어니스트는 '큰 바위 얼굴'을 쳐다보면서 "가끔 명상을 하는 (…) 점점 온순하고 겸손한 소년'으로 성장했다.

어니스트가 성장하면서 큰 바위 얼굴을 닮은 여러 후보가 등장한다. 첫째는 개더골드로, 젊어서 고향을 떠나 장사를 해 대단한 거상이 되었는데, 그는 재산을 계산하는 데만도 오랜 시간이 걸리는 큰 부자였다. 백만장자인 그가 고향에 돌아와 큰 집을 짓고 살겠다고 나섰기에 많은 사람이 기대를 걸었다. 그러나 어니스트는 '주름살이 많이 접히고 영악하고 탐욕이 가득 찬 그 얼굴'에 실망했다.

세월이 흘러 소년 어니스트는 젊은 청년이 되었다. 그는 '부지런하고, 친절하며, 사람이 좋고, 자기가 할 일을 어김없이 하는' 성실한 청년이었다. 그동안 개더골드는 죽고 새로운 큰바위얼굴 후보자가 나타났다. 병영이나 전쟁터에서 산전수전 다 겪고 '올드 블럿 앤드 턴더'라는 별명을 가진 유명한 장군이었다. 그가 귀향하였을 때 큰 잔치가 벌어졌고, 동네 사람들은 이 장군이야말로 진정한 큰 바위 얼굴이라고 치켜세웠다. 그러나 어니스트가 보기에 '선량한 지혜와 깊고 넓고 따사로운 자비심'은 찾을 수 없었고 큰 바위 얼굴에서 풍기는 '온화한 빛'이 그 장군에게 없었다. 어니스트는 그 또한 예언의 인물이 아니라고 결론지었다.

그러는 동안 어니스트는 어느덧 전도사가 되어 그의 "맑고 높고 순박한 사상은 소리없이 그의 덕행"으로 나타났고 그의 설교를 듣는 사람들이 '깊은 감명을 받고 새로운 생활을 이룩해 나가게 할 진리'를 전했다. 그러나 동네 사람들은 어니스트를 범상치 않은 사람이라고 생각조차 하지 않았다.

다시 큰 바위 얼굴 후보자가 나타났는데, 그는 올드 스토니 피즈라는 이름의 저명한 정치가로 대통령으로 추대받을 만한 인물이었다. 그가 고향을 방문하자 "위인 만세! 올드 스토니 피즈 만세!" 하고 사람들은 열광했으나 어니스트에게 이 사람은 '장엄이나 위풍이나, 산과 같은 사랑의 위대한 표정'이 없었고 '눈시울에는 지치고 우울한 빛'이 숨겨져 있었다. 어니스트는 슬픈 마음으로 귀향 환영회를 떠났다.

세월은 또 한참 지나 어니스트도 이제 나이 들어 백발이 되었고 '더 많은 현명한 생각'과 '인생행로에서 시련을 받은 슬기'로운 존재가 되었다. 그 자신은 명예를 절대로 추구하지 않았는데 그의 이름이 마을을 넘어 다른 곳까지 알려지게 되었다.

그러던 중 이 마을에 또 다른 큰 바위 얼굴 후보자가 나타났다. 이번에는 고향을 떠나 대도시에서 유명한 시인이 된 사람이었다. 천부적인 재능을 가지고 태어난 이 시인은 도시의 복잡한 생활 속에서도 아름다운 음율을 창조하고 장엄한 송가를 노래하며 시인의 행복된 눈으로 세상을 축복하여 세상은 지금과는 다른 더 훌륭한 모습을 가지게 되었다. 어니스트는 그의 시를 읽어보고 "오, 장엄한 벗이여!"라며 그를 큰 바위 얼굴이 아닐까 생각했다. 어느 날 이 시인은 어니스트를 찾아와 하루 묵기를 요청하였다. 어니스트가 시인에게 당신이 큰 바위 얼굴이 아니냐고 하자 시인은 "저는 저기 있는 인자하고 장엄하게 생긴 얼굴에 비할 가치가 없는 인간"이며 "나의 생활은 나의 사상과 일치되지 못"했다고 말한다.

어느 날 어니스트는 동네 청중들 앞에서 연설하게 되었다. 그의 말은 그의 사상과 일치되어 있었고 그의 연설은 "단순한 음성이 아니요, 생명의 부르짖음"이었다. 어니스트의 연설을 듣고 있던 시인은 어니스트의 '예언자와 성자다운 모습'에 감동한다. 시인은 참을 수 없어 팔을 높이 들고 외쳤다. "보시오! 보시오! 어니스트야말로 큰 바위 얼굴과 똑같습니다." 마을 사람들의 예언이 드디어 실현되고 꿈은 이루어졌다. 어려서부터 돌산에 새겨진 큰 바위 얼굴을 바라보며 사람이 나타나기를 고대한 소년 어니스트는 결국 큰 바위 얼굴의 주인공이 되었다! 그러나 어니스트는 "아직도 자기보다 더 현명하고 착한 사람이 큰 바위 얼굴 같은 용모를 가지고 쉬 나타나기를 마음속으로" 바랐다.

이 소설에서 어니스트라는 소년은 자기 마을 앞산에 새겨진 큰 바위 얼굴을 보면서 "나도 저 큰 바위 얼굴처럼 온화하게 커야지"하고 다짐한다. 따라서 이 소설은 청년, 중년, 장년, 노년이라는 긴 세월을 통해 서서히 큰 바위 얼굴이 되는 한 소년의 성장소설이라고 볼 수 있다. 피천득은 도산 안창호 선생의 말대로 위인을 다른 곳에서 찾지 말고 나 자신이 위인이 될 수 있다고 생각해야 한다는 말을 명심하고 있었다. 어떤 의미에서 피천득 자신이 일생 언행일치, 지행합일의 삶을 살면서 스스로 '큰 바위 얼굴'이 된 것이 아닐까?

나가며: 소년 소녀들의 행진

피천득이 번역 소개한 6편의 단편소설을 연대별로 배치해 보면 또 다른 새로운 이야기가 만들어진다.

〈마지막 수업〉(1926, 1948) : 프렌츠라는 소년이 외국의 점령을 당해 나라말을 잃고 조국과 모국어의 중요성을 깨닫는 이야기이다.
〈석류씨〉(1934) : 지상에서 여신의 딸로 행복하게 살던 처녀 프로셀피나는 지하세계 신에게 납치되어 강제로 결합하나 그녀를 통해 어둡고 음침한 저승 세계를 맑고 명랑한 세계로 만드는 신화를 이야기로 만들었다.
〈거리를 맘대로〉(1946년 3월) : 이 짧은 이야기에서 '나'라는 주인공은 아버지 없이 엄마, 동생과 함께 사는 지독하게 가난한 소년이다. 그는 엄마의 심부름 길에 거리의 난폭한 아이들에게 매 맞기도 하고 돈을 빼앗기기도 하지만 결국 그들을 때려눕히고 당당히 두 발로 서서 자유롭게 거리를 활보하게 되는 소년 이야기다.

〈하얗게 칠해진 담장〉(1949년 4월) : 장편소설의 한 부분에서 주인공 소년 톰은 19세기 미국 미시시피강 서부 주변에 살면서 속임수로 친구들을 부려먹고 즐겁고 자유롭게 생활하는 한 소년의 기지와 유머를 우리는 감상하며 아름답고 영원한 어린 시절을 되새김질할 수 있는 이야기다.

〈아름다운 흰말의 여름〉(1949.6) : 20세기 초 거의 목가적 풍경의 유럽과 아시아 접경 부근에서 식민지 생활을 하는 작은 나라 아르메니아의 소년 아람의 어린 시절 이야기다. 사촌과 함께 말을 훔쳐(빌려?) 타고 즐기다가 돌려주는 천진하고 아름다운 어린 시절이 우리 모두에게 각인되는 이야기다.

〈큰 바위 얼굴〉 (1960년대 국정국어교과서) : 어니스트라는 한 소년이 사기 마을 뒷산에 새겨진 '큰 바위 얼굴'을 가진 인물을 일생 기다린다. 그러나 결국에는 자신이 스스로 훌륭한 인물이 되어 큰 바위 얼굴이 되는 이야기다.

위의 6개 이야기를 종합해보면, 소년 프렌츠로 시작하여 처녀 프로셀피나, 가난한 '나,' 개구쟁이 '톰,' 천진한 소년 '아람'이 앞으로 나아가야 할 길을 〈큰 바위 얼굴〉의 소년 어니스트가 성장하여 삶의 단계를 거치며 자기 자신이결국 훌륭한 인물이 되는 과정이다. 비록 도산 안창호 선생의 절대적 영향을 받은 역자 피천득이 이것을 의식적으로 의도하지 않았다고 해도 무의식적으로 진행된 것은 아닐까? 그것은 마치 태어나자마자 나라를 빼앗겨 일제강점기를 맞아 모국어인 조선말을 빼앗기고 7세에 아버지를, 10세에 어머니마저 잃고 고아가

된 피천득이 꿋꿋이 살아남아 자신의 삶과 문학에서 다른 사람의 모범이 되는 '큰 바위 얼굴"이 되는 정신적 궤적과 함께한 것은 아닐까 한다.

우리는 단편소설이라는 '이야기'를 읽고 이해하고 감상하고 즐기면서 깨달아 의식의 지평을 넓히기도 하고 새로운 것을 배우기도 하며 위로나 치유를 주고받기도 한다. 또한, 우리는 어린이와 어른에게 이야기를 통해 공상력과 상상력을 키우기도 한다. 피천득은 오래전에 번역 소개한 외국의 이야기들을 읽으며 어린이들이 위와 같은 이야기의 놀라운 힘을 받으며 살아가기를 바랐을 것이다.

편집자 정정호

피천득 문학 전집 출판지원금 후원자 명단(가나다 순)

강기옥	김미원	김윤숭	박무형	신명희
강기원	김미자	김재만	박성수	신문수
강기재	김복남	김정화	박순득	신숙영
강내희	김부배	김준한	박영배	신윤정
강순애	김상임	김진모	박영원	신호경
강은경	김상택	김진용	박윤경	심명호
강의정	김석인	김철교	박인기	심미애
강지영	김선웅	김철진	박정자	심재남
고동준	김선주	김필수	박정희	심재철
고순복	김성숙	김한성	박종숙	안 숙
고윤섭	김성옥	김해연	박주형	안국신
공혜련	김성원	김현서	박준언	안성호
곽효환	김성희	김현수	박춘희	안양희
구대회	김소엽	김현옥	박희성	안윤정
구명숙	김숙효	김후라	박희진	안현기
구양근	김숙희	김훈동	반숙자	양미경
국혜숙	김시림	김희재	배시화	양미숙
권남희	김애자	나종문	변주선	양영주
권오량	김 영	나태주	변희정	염경순
권정애	김영석	노재연	부태식	오경자
김갑수	김영숙	류대우	서 숙	오문길
김경나	김영애	류수인	서수옥	오세윤
김경수	김영의	류혜윤	서장원	오숙영
김경애	김영태	문수점	석민자	오영문
김경우	김용덕	문용린	성춘복	오차숙
김광태	김용옥	민명자	소영순	오해균
김국자	김용재	민은선	손 신	우상균
김남조	김용학	박 순	손광성	우한용
김달호	김우종	박경란	손은국	우형숙
김대원	김우창	박규원	손해일	원대동
김두규	김유조	박기옥	송은영	위성숙

유미숙	이승하	장석환	차현령
유병숙	이애영	장성덕	채현병
유안진	이영란	장종현	천옥희
유자효	이영만	장학순	최미경
유종호	이영옥	전대길	최성희
유해리	이영자	전명희	최원주
유혜자	이원복	정경숙	최원현
윤근식	이은채	정목일	최현미
윤재민	이인선	정 민	추재욱
윤재천	이재섭	정범순	피수영
윤형두	이재희	정복근	하영애
윤희육	이정록	정선교	한경자
이경은	이정림	정우영	한경자
이광복	이정연	정은기	한종인
이근배	이정희	정익순	한종협
이기태	이제이	정정호	허선주
이길규	이종화	정혜연	홍미숙
이달덕	이창국	정혜진	홍영선
이동순	이창선	정희선	황경옥
이루다	이태우	조광현	황길신
이루다	이해인	조남대	황소지
이만식	이형주	조무아	황아숙
이배용	이혜성	조미경	황은미
이병준	이혜연	조순영	황적륜
이병헌	이혜영	조은희	금아피천득선생 기념사업회
이병호	이후승	조정은	금아피천득문학전집 간행위원회
이상규	이희숙	조중행	서울사대 동창회
이상혁	인연정	조한숙	서울사대영어교육과 동창회
이선우	임공희	주기영	서초구청
이성호	임수홍	지은경	재) 심산문화재단
이소영	임종본	진길자	주) 매일유업
이수정	임헌영	진선철	주) 인풍
이순향	장경진	진우곤	

편집자 소개

정정호(鄭正浩) 1947년 서울 출생.
서울대학교 영어교육과 졸업. 같은 대학원 영어영문학과 석사 및 박사과정 수료.
미국 위스콘신(밀워키) 대학교에서 영문학 박사 학위(Ph.D.) 취득. 홍익대와 중앙대 영어영문학과 교수·한국영어영문학회장과 국제비교문학회(ICLA) 부회장·국제 PEN한국본부 전무이사와 제2회 세계한글작가대회(경주, 2016) 집행위원장.
최근 주요 저서 : 《피천득 평전》(2017)과 《문학의 타작: 한국문학, 영미문학, 비교문학, 세계문학》(2019), 《번역은 사랑의 수고이다》(이소영 공저, 2020), 《피천득 문학세계》(2021) 등.
수상: 김기림 문학상(평론), 한국 문학비평가협회상, PEN번역문학상 등.
현재, 국제 PEN한국본부 번역원장, 금아피천득선생기념사업회 부회장.

피천득 문학 전집 6 번역 단편소설집
큰 바위 얼굴

초판 1쇄 발행 2022년 5월 10일

책임편집	정정호
펴낸이	윤형두
펴낸곳	범우사

등록번호   제 406-2004-000048호(1966년 8월 3일)
         (10881) 경기도 파주시 광인사길 9-13 (문발동)
대표전화   031)955-6900, 팩스 031)955-6905

홈페이지   www.bumwoosa.co.kr
이메일   bumwoosa1966@naver.com

ISBN 978-89-08-12478-3 04080
ISBN 978-89-08-12472-1 04080 SET

* 잘못된 책은 바꾸어 드립니다.